수행자와 정원

수행자와 정원

ⓒ 현진 2022

초판 1쇄 인쇄 2022년 4월 14일
초판 1쇄 발행 2022년 4월 21일

지은이 현진
펴낸이 오세룡

편집 유지민 · 전태영 · 박성화 · 손미숙
기획 최은영 · 곽은영 · 김희재 · 진달래
디자인 행복한물고기Happyfish
　　　　고혜성 · 김효선 · 빅소영

홍보 · 마케팅 이주하

펴낸곳 담앤북스
주소 서울특별시 종로구 새문안로3길 23 경희궁의 아침 4단지 805호
대표전화 02-765-1250(편집부) 02-765-1251(영업부) **전송** 02-764-1251
전자우편 damnbooks@daum.net
출판등록 제300-2011-115호

ISBN 979-11-6201-369-4 03810

정가 15,500원

수행자와 정원

꽃의 법문을 듣다

현진 지음

담앤북스

산시에서 꽃 가꾸고 나무 키우며 자연의 섭리에
기대어 살다 보니 대부분 정원에서의 일을 글감
으로 삼았다. 억지로 짜낸 이야기가 아니라 있는
그대로의 솔직한 이야기다. 빼거나 덧붙일 것 없
이 평소의 일상을 소소하게 풀어낸 것이다.

이곳으로 거처를 정하고 수행하기 시작한 지도
벌써 십 년 세월인데, 그 어느 때보다 왕성하게 집
필 활동에 매진했다. 저 앞산이 문필봉文筆峰이라
그런가. 글머리를 잡으면 문장이 술술 풀어지는
걸 보니 그 이름 덕을 보고 있는지도 모르겠다.

역시 글이란 생활 속에서 발견한 교훈을 담아야
좋은 내용도 되지만, 그 의미를 명료하게 선할 수
있는 것 같다. 그런 점에서 이곳에서의 하루하루

는 아주 좋은 글 무대가 된 셈이다. 늘 같은 날 같지만, 매번 다른 사건과 사연이 전개되기에 날마다 행복 충만한 글을 쓸 수 있었다.

이렇게 하기까지는 꽃과 나무가 사시사철 곁에 있었기에 가능한 일이었다. 내 원림園林의 식물들이 수행길에서 격려와 응원을 보내 주었고, 벗과 스승이 되어 주었기에 날마다 신비로운 시간을 맞이할 수 있었다. 정원 속에서 지극한 행복을 느끼며, 정원 속에서 수많은 삶의 지혜를 얻었다.

인생 정원에서 똑같은 날은 단 하루도 없었다. 항상 새롭게 삶의 역사를 써 가는 것, 그것이 인생이다.

현진

목
차

첵을 내면서 4

수행자와 정원

그렇게 한순간 머물다 가라   12

비바람에도 꽃은 웃고 있다   17

꽃을 사랑할 시간이 그리 많지 않다   24

식물은 우리 영혼의 치료제다   30

꽃은 약속을 어기지 않는다   35

봄 ———— 꽃의 법문을 들어라

꽃이 너를 사랑할 때까지   42

우리 집 매화는 피었던가요   46

나무 유전   51

봄바람에 근심이 가벼워졌다   56

꽃이 얼마나 떨어졌는지 나가 봐야겠다   61

우울하게 살기엔 너무 짧아요   66

꽃이 피는 계절은 모두 다르다   70

모란이 지더라도 슬퍼 말라   75

우리 곁에는 별과 꽃이 있다   80

적당히 행복해라   84

여름 ——— 바람에게 물어라

바람에게 물어라 90

가장 아름다운 명작 94

정원에서 늙어가는 것은 외롭지 않다 100

빨래 일을 마치고 105

이 순간을 잘 지켜라 110

저 사람 꽃밖에 몰라 116

껍질에 져서 죽겠다 121

나무야 미안해 126

행복하신가요? 131

가을 ——— 꽃이 그냥 피지 않는다

멈추고 감상하라 138

풀만 무성하고 싹은 드물더라 143

가을은 그냥 오지 않는다 147

행복의 꽃씨를 심어라 152

꽃그늘 아래서 일생이 다 갈 것 같다 156

언제나 우리에게는 정원이 있다 162

달빛에게 안부를 묻다 167

낙엽 투정 171

무엇을 부러워하는가? 177

감나무가 있어서 빈곤하지 않다 181

삼공 벼슬도 부럽지 않다 185

모든 잎이 꽃이 되는 계절 192

봄은 가을부터 준비하는 것이다 199

뜰 앞에 국화를 심다 206

겨울 ———— 무욕의 숲에서 배워라

꽃 많이 심지 마라 212

무욕의 숲 217

침묵과 응시의 시간이 필요하다 223

게으름도 휴식이다 227

눈 내린 날의 산중락 233

눈길따라 벗이 찾아오다 237

한때 흰 눈 쌓인 나뭇가지 242

죽을 각오로 살았는가? 248

철없는 마음은 작년과 같네 252

수행자와 정원

그렇게 한순간

머물다 가라

이곳에 절을 세우고 정원을 가꾸며 살아온 지 어느새 십 년이
다. 마야사를 처음 열 때 기념식수했던 수목들이 지금은 튼실
하게 자리를 잡았다. 어린나무를 심던 날이 엊그제 같은데 시
간이 쌓여 벌써 그 나이테를 지니왔다. 법당 앞의 불두화도 그
렇고, 연못가의 매화나무도, 요사寮舍 뜰의 굽은 소나무도 모두
가 창립 멤버다. 이곳의 역사와 사연을 가까이서 지켜본 고마
운 친구들이다. 꽃과 나무들이 곁에 없었다면 우울한 은둔의
삶이 될 뻔했다. 그동안 하나하나 가꾸어 가는 재미로 해 지는
줄도 모르고 일했다. 돌 하나 꽃 하나에 손길 가지 않은 데가
없다.

잔디로 덮인 절 마당도 본디 진흙땅이던 것을 굵은 모래를 거듭 채워 단단하게 다진 것이다. 주차장 자리는 밭이었고, 소나무 울타리도 그 시절엔 키 작은 묘목이었다. 그때를 기록한 사진을 보면 격세지감이 느껴진다. 무엇이든 자리 잡는 데는 시간이 필요하다. 세월이 그래서 위대하다. 물론 그 세월 속에는 정성과 노력도 배어 있다.

정원 부지도 많이 늘었다. 기껏해야 마당밖에 없었던 곳이었으나, 주변 땅을 매입하여 큰 정원이 되었다. 이제는 풀 뽑을 때도 구역을 나누어 일을 해야 할 정도다. 그러는 과정에서 나무도 자리를 옮기고 꽃들도 여러 번 위치를 바꾸었다. 그때 그때 달라지는 안목과 취미에 따라 변화를 주기도 했지만 무엇보다 성장하는 나무들이 서로 부딪혀 싸웠기 때문이다. 건축 초기에는 욕심을 부려 다닥다닥 붙여 심었다가 근래에는 나무 사이 간격을 조정해 주고 있다.

나무를 키운 십 년 세월은 내 얼굴에 주름이 늘어 간 시간이기도 하다. 그렇지만 정원과 함께했던 나날이라 행복했다. 출가자로서 수행과 전법에 더 힘을 보태야 하는데 일상 대부분 흙을 만지며 지냈다. 이렇게 정원 일에 전념한 것은 내 나름의 소신 때문이다. 꽃과 나무들이 전해 주는 법문을 들으며 위로받고 머물 수 있는 공간을 만들고 싶었다. 법석에서 교리를 전달하는 일은 줄곧 해 오던 소임이기도 했거니와 이제는 그 직무를 다른 이에게 맡기고 좀 벗어나기로 했다.

법정 스님이 남기신 말씀을 읽으며 나의 생각이 아주 잘못된 것은 아니라는 확신이 들었다.

> 입 다물고, 바람 소리에 귀 기울이고
>
> 하늘도 보고 나무도 보며
>
> 그렇게 한순간 머물다가 가라.
>
> 그것이 좋은 말씀 듣는 것보다 몇 곱절 이롭다.

이 문장이 가슴에 오래 남았다. 다른 어떤 일보다 정원 일에 공을 들이는 까닭이 바로 여기에 있다. 건물이 주인 되는 절이 아니라 정원이 주인 되는 그런 사원을 만들고 싶은 포부다. 건물보다 정원이 훨씬 넓어서 방문자들이 오며 가며 쉬면서 꽃과 바람의 소리를 듣게 하고 싶은 것이다. 이런 도량으로 유지하려니 내 몸은 고되지만, 방문자들이 기쁜 마음이 되어 돌아가는 모습을 보며 스스로 위로 삼는다. 무슨 거창한 돈을 들여 만든 정원이라기보다는 내 식대로의 소박한 정원이길 고집할 것이다. 거대한 자본과 인력으로 관리되는 공원식 정원은 전국에 즐비하기 때문이다.

이러한 정원지기 십 년을 기념하여 근처에 사는 은촌隱村 선생이 소나무 한 그루를 선물했다. 교회 사택의 정원에서 키우던 소나무를 우리 절에 기증한 것이다. 은촌 선생은 퇴임 목사님으로 날마다 경전을 필사하며 묵향에 묻혀 살면서 그 넓은 대지에 소나무를 심고 가꾸는 분이다. 우리는 종교의 이름표와 상관없이 나무를 아끼고 좋아하는 취미가 닮아서 교류를 이어 가고 있는 사이다.

정원 일에 몰두했던 나의 책을 선물했더니 자신의 지론과 똑같다며 "아니, 이 스님이 나의 일기장을 훔쳐 가서 글을 썼나?" 하고 깊이 공감하며 격려해 주었다. 어떤 대상에 심취하면 그 생각이나 묵상은 비슷할 수밖에 없나 보다. 일전에 불쑥 방문했더니 새로 완성한 오두막 거처를 보여 주었는데 볼수록 마음에 들었다. 돌과 흙과 나무로만 지은 집. 건물 안으로 전기나 수도를 끌어들이지 않았으며 변소도 옛 방식으로 재현하여 밖에 두었다. 조명은 호롱불에 의지하고 난방은 아궁이로 대신하는 불편한 구조의 건축물. 나도 나이 더 들면 시도하고픈 집이어서 오래 머물다 왔다.

어쨌거나 그가 기증한 소나무는 우리 식구가 되었고 오가며 수형 관리도 해 주고 있다. 식수하던 날 소나무 이름을 '종교 화합 송松'이라 짓자며 서로 웃었다. 내가 가꾸는 정원에는 이

런 소중한 마음과 사연들이 깃들어 있다. 이곳 성전이 불교 신
도들만 구름같이 모여드는 명소가 되길 바라지 않는다. 이념과
인종을 떠나 모든 이들이 무거운 짐을 내려놓고 지친 어깨를
다독이며 쉬어 갈 수 있는 안식처가 되길 원한다.

비바람에도

꽃은 웃고 있다

구맹주산狗猛酒酸이라는 사자성어가 있다.

송나라 때 술을 잘 빚는 이가 있었는데 이상하게도 어느 날 부터 손님의 왕래가 뚝 끊어졌다. 주인이 현명한 노인에게 그 이유를 물었더니 "네 집의 개가 사나워 손님에게 짖어 대니 누가 오겠느냐?" 하고 답했다.

여기에서 '개가 사나우면 술에서 쉰내가 난다'는 말이 생겼다. 양주장에 손님이 오지 않으니 그 술은 유통 기한이 지날 수밖에 없고, 그 술에서는 시큼한 식초 맛이 나서 팔 수가 없다. 한마디로 사나운 개 때문에 문을 닫게 된 지경을 뜻하는 것이다.

절 근처에 가끔 들르던 식당이 있는데 근래에는 마음이 상해 발걸음을 하지 않는다. 음식은 맛있는데 주인의 말투가 영 재미없어서다. 나의 주관적 생각일지 몰라도 그곳에서는 '불편한 친절'을 경험하고 돌아온다. 이를테면 손님은 창가에 앉고 싶은데 주인이 나서서 굳이 반대쪽으로 안내하는 식이다. 올바른 친절은 온전히 손님의 입장이 되어 주는 것일 테다.

아무리 소문난 맛집이어도 불친절을 감내하면서까지 재차 방문하는 손님은 그다지 많지 않을 것이다. 주인이나 종사자가 손님을 불쾌하게 만든다면, 결국엔 구맹주산이 되어 손님을 쫓아내는 꼴이 될 수 있다. 여기서도 음식 봉사하는 분들에게 친절할 것을 자주 부탁하고 있다. 절 밥 먹으러 왔다가 불친절을 마음에 담아 간다면 그 절에는 두고두고 오시 않을 테니 말이다.

제주 서귀포 약천사의 혜인 스님께 누가 "스님, 무엇으로 이걸 다 지었습니까?" 하고 묻자 "친절로 지었습니다."라고 답했다. 친절이 선행되지 않으면 그 어떤 불사佛事도 이룩할 수 없다. 기와 한 장, 서까래 하나하나 속에는 친절의 표정이 스미어 있는 것이다. 무뚝뚝한 얼굴로 무슨 일을 도모한다는 것은 어불성설이다.

라틴어 명언 중에 '사람은 태어나서 사람에게 상처만 주다가 떠난다'는 표현이 있다. 친절한 삶을 산다는 것이 이렇게 어렵다. 일부러 상처 주기도 하고, 본의 아니게 상처를 주게 되기도 하기 때문이다. 일생 동안 단 한 번도 남에게 상처 준 일이 없다면 그 사람은 이미 성인의 반열에 오른 인격이다.

노벨 평화상 수상자 달라이 라마는 '나의 종교는 매우 단순하다. 나의 종교는 친절이다.'라고 하였는데 매사에 친절하고 다정하기가 쉽지 않다. 그러나 뭐든 친절해서 손해 보는 일은 절대 없다. 최근 친절에 대한 내 생각이 좀 바뀌었다. 전에는 외부 강연을 나가거나 다양한 활동을 하는 것이 친절한 삶이라고 여겼는데 지금은 이곳을 방문하는 손님만 미소로 맞이하여도 그것이 외부 행사보다 더 큰 법문이 될 수 있다는 것을 깨달았다. 내 집의 손님에게만 친절하여도 주인으로서의 도리를 다하는 셈인데, 밖에서만 친절하고 안에서는 인색하다면 그것은 수행인의 자세가 아닐 것이다.

이름난 스승일지라도 친절 밖에서 생활한다면 그는 수행자로서 자격 미달이라 본다. 온화한 스승은 가슴에 오래 남아도 엄격한 스승은 금방 잊힌다. 이권을 탐하며 권위와 위엄만 내세웠던 노옹老翁들은 다 어디로 갔는가. 내가 알기론, 친절보다 더 높은 사원은 없고, 친절보다 더 귀한 경전은 없다. 그러니까 친절은 그 어떤 종교의 교의보다 앞서는 마음이다.

올해는 나 자신에게도 친절하고, 남에게도 친절하기로 다짐했다. 더불어 남에게 상처 주지 않는 삶을 살고자 노력할 것이다. 묻고 따질 것도 없이 세상에서 가장 좋은 절은 '친절'이다. 이런 절로 유지하고픈 생각은 예나 지금이나 변함없다.

어제 비바람에 백일홍이 쓰러졌는데도 꽃은 웃고 있다. 나도 남은 인생 꽃처럼 웃다가 친절을 베풀며 아름답게 지고 싶다.

꽃을 사랑할 시간이

그리 많지 않다

지난해 매입했던 땅에 국화 정원을 조성하고 여러 품종을 심었다. 내친김에 정원 이름도 필요할 것 같아 표석을 세우고 '마야 동산'이라 적었다. 그리고 표석 뒷면에는 밭을 사들일 때 도와주었던 후원자들의 이름도 새겨 그 공덕을 오래오래 기억하기로 했다. 이제 마야 동산은 삶의 무게에 신음하는 이들에게 치유와 희망을 제공하는 성소가 될 것이다. 마음을 위로하는 거룩한 법문이 반드시 법당에서만 이루어질까. 꽃과 나무가 전하는 삶의 지혜를 자연에게 배우며 속진에 물든 마음을 정화할 수 있다면 그 어떤 설교보다 참되다.

19세기를 대표하는 미국의 시인 헨리 데이비드 소로는 숲을

'녹색 신전'이라 말했다. 삶에 고립되고 지쳤을 때 찾아가는 성전이 바로 숲이라는 뜻일 것이다. 이런 점에서 울창한 숲을 지니고 있는 천년 고찰은 그 어디에도 견줄 수 없는 아름다운 녹색 성전이 아닐 수 없다. 내가 살고 있는 이곳은 근래에 역사가 시작되었기 때문에 큰 숲이 형성되기까지는 세월의 시간을 한참 건너야 한다.

이름난 정원들은 본래 개인의 휴식과 취미를 즐기는 공간으로 만들어졌다. 정원을 설계하고 가꾸었던 최초의 인물들은 역사 속으로 사라졌지만 정원의 원형과 정신은 대대손손 이어 전해지고 있다. 정원은 시간의 예술이라 했다. 명품은 시간과 노력이 받쳐 줄 때 그 반열에 오르는 것. 결코 규모나 높이에 따라 결정되는 것이 아니다. 그러므로 자신이 정성을 다하며 아끼는 정원은 반드시 후손에게 소중한 유산이 될 수 있다.

숲과 정원을 물려주는 일만큼 큰 재산은 없다. 왜냐하면 그 속에는 무한한 생명이 숨 쉬고 있고 인류에게 꼭 필요한 안식처를 제공하기 때문이다. 얼마 전 아버지가 일군 은행나무 숲에서 생태적 삶을 살아가는 딸의 이야기를 감명 깊게 보았다. 일찍이 아버지가 그 숲을 개간하지 않았다면 자식들은 그 혜택을 누릴 수 없었을 것이다. 그러므로 그 아버지는 어떤 보석보다 값진 유산을 딸에게 선물한 셈이다. 이와 같이 우리가 누리는 자연의 은혜는 선구자적 혜안을 지닌 고인들의 공덕이 있었기에 가능하다.

중국 명대明代의 관료였던 왕헌신은 은퇴 후 쑤저우에 정착하여 정원을 만들고 노년을 보냈는데, 그는 자신의 정원을 '졸정원拙政園'으로 불렀다. 여기서의 졸拙은 겸손을 뜻하는 글자로서 흔히 졸작, 졸고라 표현하는 것과 같다. 그러니까 '그리 똑똑하지 못한 관료 출신이 만든 정원'이라는 의미일 것이다. 졸정원은 지금까지 잘 보존되어 항저우 지역을 여행할 때 반드시 방문해야 할 중국 정원의 성지가 되어 있다.

북송北宋 때의 정치가 사마광 또한 관직에서 물러나 낙양 땅에 홀로 즐긴다는 뜻의 '독락원獨樂園'을 만들고 정원 일에 심취했다. 그는 정원에 벽오동 나무를 심고 화단과 텃밭 등을 꾸몄다고 한다. 그는 "혼자 거닐고, 자족하며, 나는 세상에 이러한 행복을 대신할 수 있는 즐거움이 또 있을지 도무지 알 수 없다"며 전원생활을 찬탄하는 글을 남겼다.

조선의 선비들도 그런 아취를 즐겼다. 자연의 조건이나 풍경의 이치를 역행하지 않고 산수에 깃들여 살고자 했다. 경북 영양군의 서석지瑞石池를 조원造園한 조선 중기의 문인 정영방은 박태기나무를 즐겨 심고 이 나무를 '식우識友, 잘 아는 친구'로 소개했다. 그리고 그의 곁에 '오우五友'라 하여 '매화, 대나무, 연

꽃, 국화, 자형화'를 가까이 두었다 한다. 부용동 원림의 윤선도, 담양 소쇄원의 양산보, 강진 다산초당 등의 조선 선비들도 곡선을 살려 지형에 어울리는 자신만의 정원을 꾸몄다. 우리 역사에도 이렇게 이름난 가드너가 즐비했던 셈이다. 모두 옛사람들이 전해 준 소중한 정원 유산이 아닐 수 없다.

시대를 막론하고 정원 문화는 우리 생활에 여전히 유효하다. 식물에 대한 인간의 사랑은 고금古今을 관통하는 본능이기 때문이다. 종교에서는 인간이 잃어버린 신성神性을 식물이 간직하고 있다고 본다. 누구나 꽃 앞에서는 순수한 본성으로 돌아간다는 뜻이다. 그 어떤 해석도 가능하겠지만 분명한 것은 나이와 성별에 상관없이 꽃에게 화를 내는 사람은 없다는 점이다. 식물은 참으로 교묘하게 인간의 복잡한 심성을 다독이며 교화해 주는 능력이 있다. 그래서 꽃과 나무를 사랑하는 일은 삶의 역사와 함께하는지도 모른다.

꽃을 바라보고 있으면 언제 어디서든 표정이 절로 밝아진다. 이러한 꽃의 마술을 처음 발견한 프랑스 심리학자의 이름을 따서 '뒤센 미소'라 부른다. 뒤센 미소를 달리 말하면 꽃이 우리에게 선물하는 천연 치료제라고 할 수 있다. 우리나라 사람들이 한 해 동안 지출하는 꽃 값이 일 인당 평균 만 오천 원이라는 기사를 보았다. 유럽이나 일본 등과 비교하면 우리는 꽃을 구입하고 선물하는 일에 아직은 인색하다는 통계였다. 나는 아직까지 꽃을 선물 받고 나누어 주는 일이 제일 즐겁고 신난다.

이런 봄날에 꽃집을 무심코 지나치면 안 될 것이다. 꽃다발한 아름을 가슴에 품지 못할 정도로 정신없이 살고 있다면 인간이 지닌 본래의 신성을 잃어버리는 것과 마찬가지다.

"내가 죽었을 때 꽃을 보내지 마라.

대신 나를 좋아한다면, 내가 살아 있을 때 보내라."

이미 세상을 떠난 영국 축구 감독 브라이언 클러프의 부탁이다. 죽은 뒤에 배달하는 조화보다 숨 쉬고 있는 지금 선물 받는 꽃이 더 향기롭다. 영국 어느 교회 묘비에 '시간이 짧았다'고 적혀 있단다. 우리도 꽃을 사랑할 시간이 그리 많지 않다.

식물은 우리 영혼의

치료제다

최근에 정원과 관련된 서적을 여러 권 구해 읽었다. 정원의 역사와 가드닝의 기술을 다룬 책들을 주로 읽었는데 많은 도움이 되었다. 이 책들을 보며, 모든 민족의 유전자에는 꽃을 좋아하는 심성이 잔잔히 스미어 있구나 하는 생각이 들었다. 어느 민족이든 자신들의 환경이나 기후에 맞는 식물을 기르고 가꾸어 왔으며, 그 어떤 나라일지라도 식물을 외면했던 백성은 없었다. 인류는 종교, 이념, 권력, 취향 등 시대적 흐름에 따라 정원을 설계하고 아껴 왔다. 정원 문화는 건축을 비롯하여 세밀화, 시, 자수, 도자기 등 생활 저변에 스며들어 인류의 미학에도 크게 기여했다. 그러니까 인류의 역사는 정원의 시간이라 해도 과언이 아니지 싶다. 삶이 있는 곳에는 언제나 꽃과 나무가 있었다.

국가와 시대를 따질 것도 없이 예부터 귀한 품종은 수소문하여 구하고 비싼 값을 치르며 자신의 정원으로 들여왔다. 네덜란드의 경우 튤립 파동이 일어났을 때 그 알뿌리가 얼마나 비쌌는지 집 한 채보다 더 높은 가격에 거래되었다고 한다. 그만큼 식물 수집과 유통 경쟁이 유사 이래로 치열하고 굉장했다는 것을 알 수 있다. 고려의 문익점이 붓 대롱에 원나라의 목화씨를 그냥 숨겨 온 게 아니듯 희귀 품종은 어느 민족이든 탐낼 만한 것이다.

정원 양식은 정복과 권위의 역사이기도 했다. 인도 무굴제국을 일으킨 바부르는 정원을 직접 설계했던 황제 가드너였다. 그는 자신이 함락한 지역마다 정원을 만들고 야생에서 꽃 찾기를 좋아했으며 튤립 수집하기를 즐겼다고 한다. 그는 회고록 『바부르 나마』를 통해 자연에서 발견한 평생의 즐거움을 드러냈는데, 자신이 점령한 카불 주변 산비탈에 첫 번째 정원을 만들고 이렇게 썼다고 한다.

'세상이 이렇게 즐거운 곳이 또 있다면 그것은 알려지지 않았다.'

그러니까 그곳은 자신이 알고 있는 최고의 정원이란 뜻이겠다. 누구나 자신이 건설하고 꾸미는 정원이 지상에서 가장 아름다운 공간이라 여길 것이다. 바부르는 '어떤 화가도 그 모습을 똑같이 그려낼 수 없었다'고 말했는데 화사한 정원의 생명력을 어찌 그림에 담고 사진에 담을 수 있겠는가. 그것은 가까이서 감상하는 자만이 누릴 수 있는 특혜이며 선물이다.

아무튼 무굴제국은 정원과 건축 예술에 관심을 기울이는 동안 번성했으나 후대에 이르러 사치와 일탈로 멸망하였다. 비단 무굴제국뿐 아니라 세계 여러 왕조들의 영화는 그 시대의 문화적 소양과 더불어 흥망성쇠 했다. 이러하므로 정원 예술은 민족의 문화와 정신을 함축하고 있는 것이다.

우리나라에서 가장 오래된 원예서로 알려진 『양화소록養花小錄』을 쓴 조선 초기의 선비, 강희안이 등을 굽힌 채 정원에서 꽃나무를 옮겨 심고 있을 때 방문객이 말했다.

"당신이 꽃을 재배하는 기술은 높이 인정하나, 눈을 즐겁게 하고 마음은 미혹케 하여 그 일에 집착할까 봐 염려됩니다."
강희안은 허리를 펴고 대답했다.
"나는 이 일에 집중하다 보면 피곤한 줄 모른다오. 비록 풀한 포기, 나무 한 그루일지라도 그 이치를 탐구하면 마음 수

양이 이루어지고 그들의 덕목을 본받아 나의 덕성으로 삼는
다면 이롭게 되는데 어찌 즐겁지 않겠소."

정원 생활이 교만한 마음을 없애고 자연의 순리에 따르기
위한 일종의 수양이란 뜻으로 해석하고 싶다. 중세의 수도사들
이나 수행승들이 정원과 텃밭을 곁에 두고 노동하며 땀 흘린
이유도 여기에 있을 것이다.

미국의 식물학자 루터 버뱅크가 '꽃들은 언제나 우리를 좀
더 건강하고, 행복하고, 유익하게 만들어 준다. 꽃들은 햇살이
고, 우리 영혼의 음식이자 치료제이다.'라는 기록을 남겼는데
거듭 공감되는 말이다. 꽃을 탐구하고 관찰하는 정서는 고금
이 따로 없는 것 같다. 지금 우리가 누리는 꽃의 분류와 재배
기술은 과거 수많은 식물학자의 연구와 노력이 있어서 가능했
다. 정원의 수목을 키울 때마다 그분들의 공로와 공덕에 감사
하게 된다. 이제는 누구나 쉽게 화훼를 구입하고 가꿀 수 있는
시대다. 그러므로 정원사가 되기에 지금보다 더 흥미진진한 시
대도 없다.

문밖은 아직 찬바람인데 내 마음은 벌써 봄날의 꽃향기를
상상하며 미리 정원 일을 계획하고 있다. 지금부터 영농 일정
을 차근차근 짜 놓아야 실수가 없기 때문이다. 날이 풀어지면

먼저 온실 공사부터 착수할 생각이다. 온실이 있어야 겨울 추위에 약한 화분들을 잘 관리할 수 있다는 것을 절감했기 때문이다. 지금까지 내가 관심 두었던 많은 취미 가운데 정원 일만큼 나의 흥미를 오래 붙들고 있는 일은 없었던 것 같다. 이렇게 봄을 기다리는 것만으로도 벌써 가슴이 따스해진다.

인류가 마지막으로 기대고 의지할 곳은 숲이며 자연이다. 옛사람들이 그랬듯 나 또한 이 세상을 하직할 때까지 꽃과 나무에 관심을 두고 삶을 위로받으며 살아갈 것이다.

꽃은 약속을

어기지 않는다

봄맞이 단장으로 바쁜 하루하루를 보내고 있다. 일주일째 화
단마다 웅크리고 있는 낙엽을 정리 중이다. 첫날은 지난 가을
피었다가 진 국화 꽃대를 베어 내는 작업을 했는데 밭이 워낙
넓어서 인부들을 동원하여 깔끔히 다듬었다. 베어 낸 자리에
국화 새순이 파릇파릇 고개를 내밀고 있었다. 이런 일도 때를
놓치면 새순을 다치게 하므로 서둘러 주어야 한다.

　다음날부터는 법당 주변과 그 일대를 정리하는 순서로 진행
하였다. 어제는 주차장 구역의 낙엽을 걷어 내는 일에 종일 매
달렸다. 겨울바람에 이리저리 휘날리던 낙엽들이 돌 틈이나 교
목나무 사이마다 자리 잡고 있어 손으로 일일이 주워 내느라

고되고 힘들었다. 하지만 아직도 하루 일이 더 남았다.

우리 정원에는 주로 참나무, 은행나무, 벚나무, 감나무, 두충나무 잎들이 떨어지는데 특히 손바닥만 한 박태기잎은 마당에 굴러다니면 겨울의 잔해 같아서 보기 좋지 않다. 그래서 봄바람이 부드러워지면 낙엽 정리부터 서둘러 시작한다. 봄꽃이 한창일 때까지 나무 아래에 낙엽이 쌓여 있으면 새로운 봄날에 대한 예의가 아니기 때문이다. 이른바 봄맞이를 위한 정원 대청소다.

봄날의 이런 수고를 보며 "가만히 두면 밑거름 될 텐데 왜 힘들여 긁어내시나요?" 묻지만 그 낙엽들이 썩을 때까지 그냥 두지 못하는 게 내 성격이다. 그렇다고 인정사정없이 치우는 것은 아니고 부서지거나 자잘한 낙엽은 그냥 흙과 섞여 거름 되게 놓아두는 편이다.

부지런한 손길이 담긴 정원은 계절과 상관없이 표시가 나기 마련이다. 일전에 강원도 강릉을 다녀오면서 인근 사찰을 둘러보다가 입을 다물지 못했다. 겨울인데도 마당에 낙엽 한 장 없을 뿐 아니라 근처의 숲까지 빗질한 듯 정갈하게 정리되어 있었다. 정원을 가꾸는 이들이라면 그토록 맑고 고요하게 운영하기까지 얼마나 대단한 노고가 들었는지를 짐작할 수 있다. 나 또한 정리정돈의 달인이라 여기며 지냈는데, 그곳을 관람하며 강호에는 정원 고수들이 정말 많다는 것을 인정했다.

정원을 다듬고 유지하는 기술은 개인의 예술성이 반영되기 때문에 옳고 그름의 기준은 없는 것 같다. 다만 스스로 그 일에 구속되지는 말아야 한다. 일본 교토의 덴류지天龍寺를 조영했던 무소 국사는 그 시대의 뛰어난 정원 디자이너였다. 그는 덴류지 외에도 사이호지西芳寺 등 여러 곳의 정원을 설계하면서 일본 정원 문화에 큰 업적을 이루었는데 그가 일흔여섯 세에 입적하며 이런 말을 남겼다.

"산수山水에는 득실이 없다. 득실은 사람 마음에 있다."

여러 가지의 해석이 가능하겠지만 정원 생활에도 과욕을 삼가하라는 고언으로 받아들이고 싶다. 산수는 본래 선악이 없는 법인데 사람이 그것을 두고 아름다움을 구분하여 득실을 따진다. 그러니까 정원의 구성과 관리는 어디까지나 정원지기 개인의 잣대와 취미가 더 크게 작용한다는 뜻이다. 정리의 기술도 너무 지나치면 그 또한 집착이 될지 모른다. 남에게 과시하려는 마음보다는 스스로 즐기려는 마음이 우선할 때 정원 생활은 기쁨을 주고 행복을 줄 수 있으리라. 과분한 정원은 가꾸기 바빠 피곤하기만 할 뿐 마음껏 누리지 못할 때가 많다.

이 일을 끝내고 나면 한동안 일을 줄이고 꽃놀이를 즐길 것이다. 꽃그늘 아래에서 고요하고 빛나는 순간을 받아들이고자 한다. 이것이 나의 봄맞이 의식이며 내 삶에 대한 격려이기도 하다. 그러다 꽃이 지면 그때 호미를 들고 흙을 만지면 될 일. 굳이 봄 축제를 외면하면서까지 일에 매달릴 이유는 없다. 모든 게 마음의 득실이라 하지 않았던가. 뭐든 지나치면 욕심이다.

누구나 한번쯤 글 쓰고 정원 가꾸는 삶을 꿈꾼다. 나는 지금 그 꿈을 이루어 가고 있는 셈이다. 직접 흙을 파고 가지를 자르고, 돌담을 쌓으며 정원과 자연에서 위로받고 기쁨을 찾는다. 낮에는 호미 들었다가 밤에는 경을 읽는다. 이른바 주경야선이라 할 만한데 이러한 시간 활용이 건강에도 유익한 것 같다. 이 나이에 주야로 학문에만 몰두한다면 건강만 상할 뿐 별 소득이 없을 것이다. 아침부터 저녁까지 즐겁게 할 수 있는 작업이 정원지기 일이다. 일찍이 다른 일을 이렇게 오래 해 본 적이 없었다. 정원에서 배운 삶의 지혜와 명상을 이웃에게 전하는 일도 보람 있다. 그 어느 때보다 조용한 행복을 정원에서 보낸다.

경기도 가평의 아침고요수목원에는 '약속의 정원'이 있다. 해마다 약속된 시간에 찾아와서 어김없이 꽃을 피우기 때문에 붙인 이름이란다. 큰 변고가 없다면 꽃은 약속된 계절에 반드시 방문하기 마련이다. 가을꽃이 약속을 어기고 봄날에 불쑥

문을 두드리지 않는다. 제때제때 얼굴을 보여 주기에 더 반갑고 경이롭다. 이러한 약속의 질서가 뒤죽박죽이 되면 세상은 무척 불안하고 어두울 것이다.

매화, 미선, 목련, 살구, 자두, 봉숭아 나무의 꽃망울이 터질 듯 부풀어 있다. 올해도 우리 정원의 꽃들은 약속을 어기지 않고 찾아와 봄을 연주할 것이다. 그 시간을 기다리는 일은 처음이 아닌데도 이맘때마다 가슴이 설렌다. 여러 꽃들이 피어 온 도량에 물감을 풀어 놓을 때 여기는 그야말로 화사花寺이겠지.

봄

꽃의 법문을 들어라

春

꽃이 너를

사랑할 때까지

저 멀리서 봄바람이 살살 불어온다. 이러한 삼 월을 인디언들은 '어린 봄'이라 표현한다지. 아직은 여리고 여린 아장아장 걸음이다. 봄이 무르익어 어른 얼굴이 되려면 한 달은 지나야 할 것 같다. 그때는 가지마다 춘색이 돌아 온세상이 알록달록 봄잔치를 펼칠 것이다. 나도 얼른 그 대열에 동참하고 싶지만 지금은 어린 봄을 지켜보며 기다려야 한다.

봄은 산나물부터 먼저 시작된다더니 맞는 말이다. 벌써 냉이 넣어 끓인 국을 먹었다. 조금 더 기다리면 두릅나물과 엄나무 새순이 식탁에 오를 것이다. 이즈음이면 떠오르는 그림 한 점이 있는데, 조선 후기 화가 윤용의 '협롱채춘挾籠採春'이다. 풀이하면 '바구니를 끼고 봄을 캐다'이다. 아낙네의 바구니에는 나물이 아니라 봄이 한가득 담겼다. 이렇게 봄은 나물 바구니에 실려 내 집의 손님으로 온다. 산나물이 꽃보다 빠르게 봄소식을 배달하는 셈이다.

소설가 박완서의 글에서 '꽃 출석부'라는 표현을 본 적이 있다. 복수초, 산수유, 수선화 등이 손을 들고 출석하듯 피어난다는 설명이다. 이들은 이른 봄날부터 신고식을 치르는 꽃이다. 이제부터 출석부를 들고서 차례차례 피어나는 꽃을 기다리면 될 것이다.

우리 정원에 심어 놓은 꽃이 백 가지가 넘는다 해도 한번에 다 보여 줄 수는 없다. 모든 꽃들이 일시에 합창한다면 서로서로 정신없을 것이다. 그러므로 순서대로 그 신비를 드러내어야 일일이 들여다보며 출석 확인을 할 수 있다. 또한 간격을 두고 얼굴을 내밀기 때문에 그 이름을 다 기억할 수 있다. 봄부터 가을까지 이어 이어 피는 것이 좋은 이유다.

안도현 시인은 「순서」라는 시에서 '한 번도 꽃 피는 순서 어긴 적 없이 펑펑, 팡팡, 봄꽃은 핀다'고 예찬했다. 올봄에는 또 어떤 순서대로 꽃이 필 것인지 기다려진다. 지난봄에는 매화가 일등으로 꽃을 풀어 놓더니 그다음에는 살구꽃이 도란도란 피더라. 빈 공간인 줄 알았던 땅에서 고개를 내미는 여린 순들이 신비하고 반갑다. 그 어떤 손님의 방문도 꽃소식보다는 반갑지 않다. 간밤에 들창을 두드리던 그 소리는 꽃소식을 전달해 줄 봄 손님의 기척이었을까.

어느 스승이 제자에게 물었다.
"너는 꽃을 사랑하느냐?"
"네."
스승이 재차 물었다.
"꽃도 너를 사랑하느냐?"
제자가 대답을 망설이자 스승이 말했다.
"꽃이 너를 사랑할 때까지 꽃을 가꾸지 마라."

화분에 물을 주지 않아 꽃을 죽이고 만 어린 제자에게 스승이 일러 준 가르침이다. 꽃이 나를 사랑한다 말한 적 없거늘, 스스로 좋아서 키운 것이지 않은가. 그렇다면 꽃이 생명의 신비를 열 때까지 기다리고 지켰어야 하는데 무관심했다. 즉, 꽃이 주인을 사랑할 기회를 주지 않았다는 뜻이다. 생명을 사랑하는 일은 그 어떤 것일지라도 교감과 연민이 앞서야 한다는 법어다.

며칠 전에 썩 내키지 않는 나무가 있어서 자리를 잡지 않고 그냥 세워 두었었다. 나도 어리석은 제자가 될까 봐 새벽에 일어나 구덩이를 파고 심어 주었다. 여러 날을 기다리며 쉴 곳을 찾았을 그 나무를 생각하니 미안한 마음이 앞섰다. 자칫 꽃이 나를 사랑해 줄 수 있는 시기를 놓칠 뻔했다.

꽃과 나무는 사랑해 달라 구걸하지 않았다. 다만 나 자신이 분별하며 고민했을 뿐이다. 꽃은 때가 되면 무심코 피는 것인데 그것을 보며 평가했던 나 자신을 돌아보게 되었다. 이 일을 계기로 생각해 보니, 지금까지 꽃은 나를 위해 꽃을 피운 적이 없었다. 그저 자신의 할 일에 충실했을 뿐인데 나의 판단으로 잘리고, 상처 났던 것이다. 그동안 그릇된 판단으로 잘려 나갔던 수목의 영령들에게 참회하며 위로의 절을 올렸다.

강릉의 어느 절에서는 해마다 동식물 천도재를 지내고 있다. 작년에는 나도 행사에 참여하여 그 넋을 추모했다. 정원 일을 하다 보면 호미나 괭이에 다치거나 죽는 땅속 생명도 더러 있고, 뿌리째 뽑히는 식물도 많다. 특히 잡초는 정원에 공존할 수 없는 생명이라 해칠 수밖에 없었는데 어쩌면 그들을 위한 위령 의식은 마땅한 것일지도 모른다. 무릇 정원을 가꾸는 이들이라면, 이러한 의식을 치르지는 못하더라도 희생된 식물들에게 미안한 마음은 지녀야 할 것 같다.

우리 집 매화는

피었던가요

미국 뉴욕에서 한 남자가 구걸을 하고 있었다. 그는 '나는 앞을 볼 수 없습니다'라고 쓴 팻말을 목에 걸고 추위에 몸을 떨며 서 있었다. 그러나 사람들은 그를 무심히 지나쳐 갔고 그의 앞에 놓인 그릇에는 동전 몇 개뿐, 상황이 나아지지 않았다. 그 모습을 지켜보던 어떤 남자가 그에게 다가가 팻말의 글을 고쳐 주었다. 그 뒤로 사람들의 온정이 쏟아져 동전이 그릇을 가득 채웠다. 팻말의 글은 이렇게 바뀌어 있었다.

'곧 봄이 오겠지요. 하지만 나는 봄을 볼 수 없답니다.'

팻말의 글귀를 고쳐 준 이는 프랑스의 시인 앙드레 브르통이다. '봄을 볼 수 없다'는 그 한마디에 사람들의 마음은 꽃처럼 활짝 열렸다. 아름다운 꽃을 보지 못한다는 것은 어쩌면 인생의 큰 불행일지 모른다. 그러므로 봄을 느끼고 즐길 수 있다면 이미 절반의 행복을 갖춘 셈이다.

국어학자 양주동 박사는 봄의 어원을 '겨우내 언 땅 밑에 갇혀 살던 만물이 날씨가 풀리고 얼음이 녹으면 머리를 들고 대지로 나와 세상을 본다고 해서 봄이다'라고 풀이했다. 우리도 그런 풍경을 보며 서로 눈을 맞추기 때문에 '봄' 아니겠는가.

봄꽃이 얼굴을 내밀며 어떤 인사를 할지 벌써 기대가 된다. 김남권 시인은 '당신이 따뜻해서 봄이 왔습니다'라고 노래했다. 산골의 얼음을 녹이는 건 사람이 아니라 봄기운이다. 그래서 날씨가 조금씩 풀어진다는 표현을 쓰는 것이다. 눈이 녹으면 뭐가 되냐고 묻는 선생님의 말에, 모두 물이 된다고 답할 때 한 소년은 '봄이 된다'고 했단다. 진짜로 봄이 되는 소리가 여기저기에서 들려오고 있다. 봄기운이 꽁꽁 얼어 있던 세상을 잠에서 깨어나게 하는 것이다. 이처럼 조금씩 깨어나는 봄 정원을 서성이며 하루하루 기다리는 재미가 쏠쏠하다.

오늘 법당 옆 홍천조 매화가 한두 송이 피었다. 흙냄새를 맡고 뿌리가 단단해졌는지 올해는 유독 꽃망울이 촘촘하다. 만개할 즈음이면 붉은 빛깔과 더불어 그윽한 향기가 온 도량에 스며들 듯하다. 지난겨울 유독 추운 날씨에도 꽃눈이 무사했는지 이제야 속살을 보여 주고 있다. 한참을 서성이며 눈인사를 나누고 기쁨을 만끽했다. 이곳에 매화 피면 지인들을 불러 매화음梅花飮을 하자고 약속해 두었는데 어서 안부를 전해야겠다.

> 그대는 나의 고향에서 왔다 했으니
> 그렇다면 고향의 소식을 다 알겠구려.
> 그대, 오시는 그날에
> 우리 집 창 앞의 매화가 피었던가요?

매화를 아끼는 사람들이라면 누구나 읊어 봄직한 왕유王維의 유명한 시이다. 아름답고 서정적인 내용이 마치 여류 시인이 고백하는 것 같다. 고향에서 왔다는 사람이 반가워 당신이 살던 옛집 정원에 매화가 아직 잘 피고 있는지 물어보는 것이다.

원문에 등장하는 '기창綺窓'은 비단 커튼으로 장식한 창문, 즉 여인의 방을 의미한다. 그러므로 창 앞의 매화 소식을 묻는 것은 방 주인의 안부도 같이 물어보는 심사인 것이다. 먼저 매화의 안부를 살핀 뒤 고향에 두고 온 아내의 근황도 슬며시 여쭈어 보는 심경이 와 닿는다.

'얼굴이 먼저 떠오르면 보고 싶은 사람이고 이름이 먼저 떠

오르면 잊을 수 없는 사람'이라는 말이 있다. 그렇다면 매화 필 때 유독 떠오르는 사람은 어떤 사이일까?

당대唐代의 여류 시인 설도가 봄날에 남긴 시를 읽으면 그 답을 알 수 있을 것 같다.

> 꽃이 피어도 당신과 함께 감상할 수 없고
>
> 꽃이 저도 당신과 함께 슬퍼할 수 없네요
>
> 그리운 이여, 어디 계신가요?
>
> 꽃피고 꽃 질 때 내 생각도 함께 하는지…

봄꽃 피고 질 때 더 그리운 이 있다면, 그는 가슴에 품고 있는 사람이다. 연인의 가슴 벅차게 만드는 그 꽃이 올해도 내 곁에서 피고 질 것이다.

나무 유전流轉

지난해 때죽나무를 구해 와 심었다. 제주도 사려니 숲에서 만난 그 하얀 종 모양의 때죽나무 꽃을 가까이 두고 싶은 욕심때문이었다. 여러 곳을 수소문하여 나이테가 제법 굵은 나무를 데려와 법당 근처에 자리를 잡았다. 그런데 인연이 아니었던 탓인지 그해 여름을 넘기지 못하고 고사하고 말았다. 큰 나무를 옮겨 왔으니 여름 가뭄에 더 정성껏 보살폈어야 했는데내 불찰로 참사가 생긴 것 같아 나무에게 참 미안했다.

지난겨울은 혹독하게 추웠다. 한 달 이상 지속된 한파로 수도관이 터지고 난방 시설에도 문제가 생겨 수리를 여러 번 했을정도다. 그런 추위를 겪으면서 찬바람을 온몸으로 맞고 서 있는 나무들 걱정도 했다. 세상이 꽁꽁 얼면 꽃눈도 잠든 채 얼어 버리기 때문이다.

아니나 다를까 봄이 되고 날씨가 풀어져 개화를 기다리는데 홍매화가 감감무소식이었다. 꽃눈이 촘촘해서 활짝 피리라 예상했던 짐작이 잘못된 것이다. 자세히 살펴보니 꽃눈이 모두 얼어 죽은 상태였고 그나마 살아남은 몇몇 봉오리만 꽃을 피우고 있었다. 그제야 상황을 파악하고 다른 홍매화도 살펴보니 마찬가지였다. 어쩐지 기다려도 꽃을 열지 않더라니….

이러하여 올해는 홍매를 맘껏 감상하지 못했다. 이번 일을 계기로 청매보다 홍매가 추위에 더 약하다는 것을 알게 되었다. 강인하게 추위를 이겨 내는 것은 청매를 따라갈 수 없다. 청매에서 풍겨 오는 그윽한 향기는 추위를 견뎌 낸 인고의 결과였던 것이다.

교육관 앞의 홍매도 걱정되어 새순이 돋을 때까지 지켜보았지만 냉해를 극복하지 못하고 시름시름 죽고 말았다. 그 홍매는 비싼 값을 치르고 옮겨 온 나무였는데 몇 년도 되지 않아 운명을 다해 버린 것이다.

또한 귀하게 얻어 온 설중매는 내가 무척 아끼던 나무였다. 그런데 초파일 즈음에 법당 지붕을 수리하면서 대형 장비들의 작업 공간이 필요하다 하여 부득불 설중매를 옮겨야만 했다.

이제 겨우 뿌리가 단단해지고 잎이 무성해진 참이라 무척 난 감했지만 작업 진행을 위해 옮길 것을 허락했다. 그런데 필요한 도구를 챙겨 오니 벌써 캐 놓은 게 아닌가. 나무의 분을 단단히 뜨고 다치지 않게 조심해야 하는데 장비의 힘으로 뿌리만 쑥 뽑아 올린 것이었다.

이미 벌어진 일이라 화를 내 본들 이해할 리 만무하니 급하게 흙살이 좋은 곳으로 옮겼다. 가지도 쳐 내고 물을 주며 보살폈는데도 잎이 마르더니 결국 소생하지 않았다. 얼마나 속상하던지 그쪽은 한동안 눈길도 주지 않았다. 이렇게 기품 있는 홍매들은 이런저런 이유로 생명을 다해 버렸다. 다행히 법당 언덕의 능수 홍매는 잎이 무성한 걸 보니 생존한 것 같다.

이런 일을 겪으며 나무의 일생도 유전流轉이 있구나 싶었다. 한날한시에 식구로 들어왔어도 누구는 뿌리를 내리며 살고, 누구는 서둘러 생을 마감하고 마는 것이다. 우리 정원에 잠시 머물렀던 홍매들도 이곳으로 오기 전에 주인이 여러 번 바뀌었다 들었다. 그런 부표의 생을 끝내고 편안하게 사는가 싶었는데 끝내 여기서 마감하고 말았으니 주인 잘못 만난 탓도 있을 것이다.

처음 뿌리내린 그 자리에서 가지를 맘껏 펼치다가 고목이 될 수 있다면 더없이 좋을 테지만, 설령 이사를 하더라도 주인을 잘 만나면 오히려 대접받으며 영광을 누리기도 한다. 몇 년 전 밭둑을 정리하면서 느릅나무가 몸통이 잘린 채 비스듬히 누워 있기에 장비를 들여 자리를 잡아 옮겨 주었다. 마치 잡목 같았던 수형을 바로잡아 주었더니 볼품없던 나무가 기품 있는 나무로 자라 지금은 사람들의 찬사를 듣고 있다. 이와 같이 누구를 만나고, 어디에 있느냐에 따라 나무의 운명도 달라지므로 유전이 없다고는 말할 수 없겠다.

어떤 나무는
책이 되었다

어떤 나무는
책상이 되었다

또 어떤 나무는
침대가 되었다
그런데 어떤 나무는
목발이 되었다

아픈 다리를 위해

대신 걸어주는

두 다리가 되었다

한상순의 「어떤 나무」라는 시이다. 나무의 공덕과 보살행이 이러한데 그 희생을 결코 가벼이 여겨서는 안 될 것이다. 우리 삶에 나무의 음덕이 없었다면 편리한 생활은 물론이고 온전한 휴식도 없었을 테다. 새삼 나무의 운명과 유전이 성스럽고 거룩하다는 생각이 든다.

봄바람에

근심이 가벼워졌다

산수유 꽃이 한창일 때, 지리산에서 한평생 수행하셨던 원로 스님의 부음이 도착했다. 정원 가꾸던 괭이와 호미를 집어던지고 쌍계사로 달려갔다. 산중으로 가는 길엔 이미 벚꽃이 만발하여 문상객의 마음을 흔들어 놓더니, 기어이 화개 장터 초입의 '십리 벚꽃길' 장관은 탄성을 지르게 만들고야 말았다. 고인에게는 송구한 일이지만 봄날의 축제 앞에서는 사뭇 설렐 수밖에 없었다.

영전에 향 사르고 추모의 뜻을 전한 뒤, 빈소를 벗어나 산사의 봄날을 감상하였다. 내가 사는 곳은 이제 매화가 피기 시작했는데 그곳은 벌써 벚꽃이 복사꽃과 어우러져 무릉도원을 연출하고 있었다. 꽃그늘 아래 앉아 있으니 문득 열반하신 노스님이 나를 초대하였다는 생각이 들었다. 당신이 미처 다 즐기지 못하고 떠난 봄날을 후학들에게 보여 주기 위해 장엄한 '임종 법문'을 준비하신 것은 아닐까. 노 선사의 마지막 일구一句를 찬란한 봄날을 대신하여 전하시는 듯했다.

내친김에 근처 화엄사까지 들러 각황전 홍매와 마주하며 눈호강을 하고 나니 뜻밖의 조문길이 내게는 신춘 기행의 행운이 되었다. 죽은 자를 통해 산 자가 오히려 위로받은 셈이다. 돌아오는 내내 고인에게 감사의 뜻을 전했다. 이런 봄날을 선물해 주어서 고맙다고….

새로 맞이하는 봄날의 의미는 이런 것이다. 어제 죽은 이는 오늘의 봄을 간절히 보고 싶어 했을지도 모른다. 그러므로 현재의 봄날과 조우한다는 것은 또 한 번의 축복이며 위로다. 산자의 몫을 다한다는 것은 봄날 앞에서 망설이거나 주저하지 않고 그 대열에 적극 동참하는 일일 것이다. 언젠가는 봄날을 뒤로하고 떠나야 할 인생이기에 더욱 그렇다. 머뭇머뭇하다가는 인생의 절정이 봄꽃처럼 지나가고 말 것이다.

아흔이 지난 나이에도 산속에 홀로 지내며 평화 운동을 실천하는 시인, 게리 스나이더는 "함께 머물고 꽃을 배우며 가벼이 떠나라"고 조언한다. 자연과 공존하면서 꽃의 법문을 배우며 가볍게 떠날 수 있다면 그 이상의 행복은 없을 것이다. 꽃이 우리에게 던지는 법문은 '얼마나 오래 피어 있느냐가 아니라 얼마나 찬란하게 피었다 지느냐'일 테다. 이러하므로 우리 생에 다가온 봄날을 외면하거나 놓쳐서는 안 된다. 새로 돋아나는 생명을 통해 삶의 율동과 순리를 배울 수 있어야 스스로 얽매이지 않는다.

어느 책에서 불교의 두 가지 핵심은 수연隨緣과 자각自覺이라는 글을 보았다. 이것은 지금의 상황을 받아들이고 그 일을 계기로 거듭 깨어날 수 있다면 삶을 바꾸는 기회가 될 수 있음을 설명한 것이다. 이러한 내용은 내가 평소에 강조하는 '이해'와 '수용'이라는 주장과 통한다는 생각이 들었다. 삶의 고민과 갈등은 사람과 상황에 대해 관찰하고 인정하는 훈련이 부족해서 생기는 경우가 많기 때문이다. 결국 불교 수행의 핵심 연금술은 받아들임으로써 스스로 밝아지는 것이다. 마치 달이 태양 빛을 받아들여 빛나는 이치처럼.

봄날의 기운과 순리도 이해하고 받아들일 때 진정한 교훈이 될 수 있다는 것을 전하고 싶다. 자세히 들여다보지 않으면 봄날의 법문도 나와 무관한 일로 여기고 말 것이다. 자연을 접하며 시들지 않고, 맑은 삶의 리듬을 지닐 수 있다면 그이는 자기 나름의 뜰을 가꾸는 사람이다.

춘풍해수春風解愁. 봄바람이 근심을 풀어 준다는 뜻이다. 보이차의 이름인데, 마음의 시름까지 보듬어 줄 수 있을지 궁금하다. 요 며칠 따스한 봄바람이 전해지니 근심 걱정도 사라지고 봄놀이를 마냥 가고 싶어진다. 이런 걸 보니 춘풍해수라는 말이 아주 틀린 표현이 아니다.

강원도 숲속에 갔더니 이정표에 적힌 글귀가 인상 깊었다.

"나는 살아 있다. 그러함에 훌륭하다."

살아 있다는 것만으로도 훌륭한 삶을 영위하고 있다는 잠언. 그러니 너무 거창한 꿈을 꾸거나 성공을 바라지 말라. 그 꿈과 성공이 이루어지기 전에 내게 주어진 시간이 마감될지 모르는 까닭이다. 힘든 때일수록 '자기 연민'과 '자기 친절'이 필요하다. 자신에게 격려와 칭찬을 아끼지 말아야 매사에 시들거나 병들지 않는다.

봄날 잘 맞이하시라. 그리고 봄꽃을 바라보며 위로와 치유의 시간이 되길.

꽃이 얼마나 떨어졌는지

나가 봐야겠다

봄 햇살이 이토록 눈부신데 벚꽃이 속절없이 지고 있다. 분분한 낙화는 제 몸 하나 다치지 않고 사뿐히 내려앉는다. 나무 아래는 이미 꽃 눈으로 뒤덮여 가지에 매달린 꽃보다 더 찬란하다. 차마 밟고 지나기 미안하여 곁으로만 맴돌며 감상했다. 간간이 꽃잎을 날리는 봄바람이 야속한데 어디선가 새 한 마리 내려앉아 꽃놀이를 즐기는 중이다. 그야말로 봄날의 파적이다.

이럴 땐 당대唐代를 살았던 맹호연의 시를 감상하기에 적격이다.

봄잠에 취해 날 밝은 줄 모르다가

사방에 지저귀는 새소리에 잠을 깬다.

어젯밤 비바람 소리가 들리던데

꽃이 얼마나 떨어졌는지 나가 봐야겠다.

봄날의 아름다운 풍경이 아닐 수 없다. 이런 것이 전원생활의 묘미일 것이다. 또한 울창한 숲이 제공하는 선물이기도 하다. 새소리에 봄잠에서 깨어날 수 있다면 자명종이 따로 필요 없을 것이다. 봄날의 근심은 다른 게 아니라 비바람에 꽃잎 질까 염려하는 것이다.

벚꽃이 흐드러지게 필 무렵의 빗소리는 그다지 반갑지 않다. 온통 꽃잎을 흔들어 때 이른 낙화를 만들기 때문이다. 지난밤에도 봄비 소리에 몸을 뒤척이며 꽃이 질까 걱정했다. 이런 까닭에 '봄날의 근심과 기쁨은 꽃 지고 꽃 피는 데 있으니 차라리 꽃을 심지 말라'는 말이 있다. 그러나 어쩌랴. 벚꽃은 절정의 때가 길지 않아 오래 머물지 않으니 더 안타까운 심사가 되고 마는 것이다.

우리 절에 벚꽃이 한창일 때는 더 많은 사람이 볼 수 있게 붙잡아 놓고 싶었다. 분주한 일상에 자칫 그 시기를 놓쳐 버리면 다음 해를 기약해야 하기 때문이다. 작년엔 벚꽃 만발할 때

연일 봄비가 내려 축제를 벌일 새도 없이 죄다 지고 말았다. 이러하므로 벚꽃은 날씨가 받쳐 주어야 자신의 매력을 유감없이 발휘할 수 있다. 올해는 날씨가 어느 해보다 양호하여 눈 호강을 맘껏 했다.

꽃그늘 아래 앉아 차 마시고 음악 들으며 봄날의 여흥을 즐겼다. 이런 봄날이 또 언제 있을까 싶어 소중한 사람들을 초대하여 정담과 더불어 사진도 찍었다. 내년에도 봄은 오겠지만 오늘의 그 꽃은 아닐 것이므로 지금이 소중할 수밖에 없다. 누구나 내년 봄날을 미리 약속할 수 없으니까 지금의 봄날은 단 한 번뿐인 것이다. 남녀노소 할 것 없이 꽃피는 때가 인생의 봄날이다.

처음 이곳과 인연이 되었을 때 오래 묵은 벚나무가 즐비한 풍경이 마음에 들었다. 어린 벚나무를 아무리 많이 심는다 해도 큰 나무 한 그루만 못하다. 그래서 가지를 길게 뻗은 키 큰 벚나무가 고맙고 반가웠다. 옛 주인은 떠났지만 나무는 떠나지 않고 새 주인을 맞이했다. 이런 연유로 여기의 벚나무들은 나보다 먼저 이 자리를 지켜왔던 존재들이다.

몇 년 전 봄날에 교토의 다이고지醍醐寺를 다녀온 뒤 그곳의 벚꽃이 잊히지 않아서 그 품종의 나무를 여러 그루 심었는데 이리 죽고 저리 죽고 하여 두어 그루 남았다. 셈을 해 보니, 여기 와서 새로 심은 벚나무도 무척 많다. 절 주변 부지를 매입할 때마다 그곳에 벚을 심었던 것 같다. 전국에 다양한 봄꽃 명소가 있지만 그래도 봄꽃의 대명사는 역시 벚꽃 아니겠는가.

여기도 벚꽃 명소로 가꾸고 싶어 때를 별렀다가 제천 산골에서 귀한 수종 가지를 가져와 접목하기도 했었다. 그러나 알맞은 때를 맞추지 못해 접목에 실패하여 다시 일 년을 기다려야 했다. 교토의 이름난 벚꽃들은 하루아침에 만들어진 것이 아닐 것이다. 어디에나 벚꽃은 있지만 반드시 그곳에 가야만 구경할 수 있는 벚꽃 성지를 만들고 싶다.

교토는 일사일품—寺—品으로 절 한 곳에 명품 나무 하나는 반드시 있었다. 그 사찰을 대표하는 수종으로 육성하여 대를 이어 관리하고 키우는 것이다.

나무는 그 절의 역사이면서 상징이다. 할아버지가 심어야 손자들이 누릴 수 있는 게 나무의 세월이다. 나무 심는 이는 당장 그 음덕을 누리지 못하더라도 그 자체가 공덕이며 즐거움이다. 나 또한 내 생애엔 그 꿈을 이루지 못하더라도 어느 때가되면 벚꽃 천지를 이루는 그런 사찰이 되길 바라는 마음이다.

우울하게 살기엔

너무 짧아요

캘리포니아 숲속에 약 네 평 넓이 작은 집을 짓고 사는 다이애나 로렌스. 그녀는 전기도 물도 집 안으로 들이지 않고, 여름에는 숲에서 불어오는 시원한 바람에 몸을 맡기고, 겨울에는 난로에 장작을 때며 지낸다. 그럼에도 불구하고 "가장 사치스런 생활은 내가 정말로 좋아하는 것과 함께 지내는 것이다."라고 말하는 것을 읽었다.

정말 좋아하는 것과 지내는 일이 행복의 정점이라는 말에 동의한다. 혼자서만 너무 행복한 시간을 보내면, 그것이 사치다. 그러지 못하는 사람들에게 슬쩍 미안해지는 것이다. 나 또한 정원을 관리하며 단순하고 순수한 시간을 보내다 이따금씩 나

혼자만 행복한가 싶어서 이웃들에게 미안해질 때가 많다. 몸이 무거운 날에도 막상 호미 들고 정원에 들어서면 어느 순간 힘이 펄펄 넘친다. 나이를 먹을수록 단순하지 않은 셈법은 골치 아프다. 그저 내가 좋아하는 일에 매진할 때가 최고 즐겁다.

노년까지 삼십만 평 정원을 가꾸었던 타샤 튜더도 그의 책 『타샤의 정원』에서 "우울하게 살기에 인생은 너무 짧아요. 좋아하는 걸 해야 해요. 아름다운 정원은 기쁨을 줍니다. 무수한 데이지가 햇빛을 받아 하얗게 빛나는 장면을 상상해 봐요. 따로 뭐가 더 필요하겠어요."라고 했다. 이것이 정원을 가진 이들이 누리는 사치일 것이다.

베스트셀러 작가 스펜서 존슨의 『행복』에 보면 '필요한 것은 하고, 원하는 것은 하지 마라'는 말이 나온다. '필요로 하는 것'과 '원하는 것'이 분명 다르다는 것이다. 필요한 것은 생활에 없어서는 안 되는 것일 테고, 원하는 것은 욕심의 산물인 경우가 많을 테다. 법정 스님도 무소유의 정의를 필요와 불필요로 기준 삼았다.

보다 행복해지려면 필요로 하는 것에만 집중하고 원하는 것에는 소홀할 것. 불행한 사람일수록 원하는 것이 더 많을지 모르겠다. 꼭 필요한 것이 아니라면 잠시 미루어 두거나 묵혀 두어도 좋을 것이다. 설령 원하는 일이었다 하더라도 '잘되면 더 좋은 일이고, 안 되면 할 수 없는 일'이라며 무한 긍정으로 지내 보라. 그 긍정 에너지가 좋은 일을 가져다 줄지 어찌 알겠는가.

'노동의 온도'라는 말이 있다. 농기구를 들고 몸을 움직여 일을 하고 나면 마음이 훈훈해지고 몸도 가벼워지는 것을 느낀다. 이럴 땐 찌부둥한 기분도 사라진다. 땀 냄새가 좋아지는 이런 상태를 노동의 온도라고 하는 모양이다. 몸이 더워질 정도의 노동은 건강에도 좋을 것이다. 자연과 멀어질수록 잔병치레를 할 확률이 높다. 숲속을 걷고, 자연 속에 있는 것만으로도 인간의 질병을 치유하는 데 큰 효과가 있을 것이다.

이런 까닭에 최근에는 자연 치유 건강법이 새로운 질병 치료 방법으로 소개되고 있다. 수술을 마친 회복기의 환자에게 정기적인 숲 산책을 권유했더니 진통제 투여량이 현저히 줄었다고 한다. 그 이유는 자세히 알 수 없으나 자연의 치유력이 생각보다 빠르고 강하다는 것만은 틀림없다. 강원도 낙산사 주변의 산림이 산불로 잿더미가 되었을 때 엄청난 속도로 숲이 회복되는 것을 보면서 자연의 복원 능력과 치유력이 뛰어나다는 것을 알게 되었다. 자연은 인간들이 훼손하거나 고갈시키지만 않는다면 스스로 터전을 치유하고 건강한 숲을 만들어 갈 수 있는 존재다. 이러하므로 인간은 자연에 기대어 숨 쉬고 보호

받으며 살아가야 한다.

자연에서 멀어지면 인간이든, 동물이든 몸이 아파 온다. 그것은 자연의 치유력에서 우리 몸이 멀어졌기 때문이다. 자연에서 멀어지면 멀어질수록 인간은 질병에 노출되는 것인지도 모른다. 숲을 사랑하고 자연을 가꾸며 살아온 이들은 한결같이 장수하며 건강한 삶을 살았다. 건강한 삶이란 식물과 가까이 하며 지내는 일이다. 이런 점에서 정원은 그 어떤 곳보다 치유 효과가 우수한 공간일 것이다.

일찍이 당대唐代의 선승, 백장선사는 '반농반선半農半禪'을 제창하여 제자들과 함께 적극 실천하며 지냈다. 이것은 수행하는 일과 농사짓는 일을 조화롭게 하라는 뜻이 담겨 있다. 참선에 몰두하여 종일 선실禪室에만 앉아 있으면 건강을 해치기 쉬우므로 반나절은 몸을 움직여 농사를 짓거나 정원 일에 시간을 보내라는 것이다. 요즘 말로 고치면 반나절은 공부하고 반나절은 흙을 만지라는 의미다. 식물을 키우고 가꾸는 일에 적당히 땀 흘려 보라. 우울한 기분은 사라지고 하루 해가 짧게 느껴질 것이다.

꽃이 피는 계절은

모두 다르다

봄날 계수나무에게 물었다.

"복사꽃 살구꽃이 한창 흐드러져 사방에 봄빛이 가득한데

그대는 어찌 홀로 꽃이 없는가?"

계수나무가 답했다.

"봄꽃이 어찌 오래가겠는가, 바람과 서리에 흔들려 꽃잎 질

때 나 홀로 꽃피움을 그대는 모르는가."

당나라 시인 왕유의 '봄날 계수나무와의 문답春桂問答'이란

시의 내용이다.

한날한시에 꽃이 활짝 핀다면 어떨까. 아무리 반가운 꽃일지

라도 한꺼번에 몰려들면 골고루 환영할 수 없다. 무릉도원은 순서를 두고 피기 때문에 울긋불긋 꽃동산을 이루는 것이다. 하루아침에 후딱 피었다가 동시에 져 버린다면 그 허무함은 무엇으로도 채울 수 없으리라.

정원에도 질서와 규칙이 있어서 순번대로 손들고 세상으로 나오는 듯하다. 장미가 개나리보다 먼저 나서겠다며 떼쓰지 않는다. 그러니 꽃마다 세상과 만나는 시점이 다르다. 동일 품종의 꽃도 엄연히 피는 때가 다른데 어찌 다른 종류의 꽃이 일시에 피겠는가. 하나둘씩 따로 피기 때문에 꽃밭은 더 조화롭고 아름답다.

이러한 내용을 우리 정원 나무 팻말에 적어 놓았다.

나는 왜 꽃이 피지 않지? 라고 할 필요 없다.
그대라는 꽃이 피는 계절은 모두 다르다.

봄날 꽃이 다 졌다고 상심할 필요 없다. 뒤이어 피는 꽃이 또 있기 때문이다. 꼭 봄에만 피어야 아름다운 꽃이던가. 다음 계절에 피는 꽃도 있다. 반드시 낮에만 피어야 청초하던가. 밤에 피는 박꽃이나 달맞이꽃도 있다. 사람도 성공의 때와 조건이 모두 다르다는 응원을 보내고 싶다.

여기저기에서 꽃망울이 툭툭 터질 때 우리 정원의 능소화는 꿈쩍노 않더라. 자신은 봄꽃이 한바탕 지나간 뒤 초여름을 장식하는 주인공이기 때문에 그럴 것이다. 담장 너머로 능소화가 고개를 내밀기 시작하면 사람들은 봄꽃보다 여름 꽃에 더 열광할 것이다. 그러므로 남의 성공이나 출세를 부러워하며 조바심 낼 일이 아니다. 인간은 각자의 자리에서 때로는 일찍, 때로는 조금 늦게 꽃을 피우는 존재다.

정원 구성에서 중요한 요소 중 하나는 절제와 균형이다. 꽃으로만 정원을 가득 메우면 현란하기는 하나 단조롭다. 키 큰 나무로만 정원을 장식하면 재미없고 지루하다. 따라서 조화와 개성이 정원을 더 아름답게 만드는 미학적 요소라 하겠다. 결국 정원에서는 잘난 꽃 못난 꽃 없이 서로 어울리는 셈이다. 또 음지에서 잘 자라는 꽃이 있는가 하면, 양지에서 잘 피는 꽃이 있다. 이렇게 모두 제 몫이 있고 제자리가 있다.

감나무와 대추나무는 말라 죽었나 싶어 가지를 자르려고 톱을 들면 그제서야 화들짝 놀라 잠에서 깨어난다. 아주 늦은 봄에 새 움을 틔우고 봄맞이 채비를 하는 것이다. 다른 수목들보다 출발은 늦지만 가을에는 탐스러운 열매를 주렁주렁 매단다.

이와 같이 인생 정원에서도 자신의 능력과 기량을 발휘하는 때가 모두 다르다. 꽃은 올봄에 꽃을 적게 피웠다고 실망하거나 체념하지 않는다. 오히려 그 다음 해에 더 많은 꽃을 피우는 것을 보았다. 계절마다 다른 꽃이 피고 진다. 그러므로 삶의 일정이나 계획이 잘 풀리지 않는다 해서 절망하지 말자. 아직 때가 오지 않았을 뿐이다.

정원의 식물들은 우리에게 다음과 같은 격려와 희망을 건네준다.

"사람들은 꽃 필 때만 나에게 관심을 주지만 그런 것은 신경 쓰지 않아. 꽃이 전부가 아니거든! 사람들은 꽃의 근원이 뿌리에 있다는 것을 잘 몰라. 꽃이 지고 안으로 여물어 가는 시간이 내겐 더 중요해."

모란이 지더라도

슬퍼 말라

요즘의 기쁨을 말하라면 모란과 작약을 가까이서 보는 것이다. 이 봄날에 매혹적이지 않은 꽃이 어디 있으랴만은 모란과 작약만큼 강렬하지는 않다. 이런 까닭에 해마다 나무 시장에 들러 모란과 작약을 옮겨 와 심는다. 지난해는 고결한 흰 모란을 우리 식구로 데려왔고, 올봄에는 겹으로 피는 작약에 반하여 그 품종을 구해 왔다. 기회가 된다면 한곳에 터를 잡아 넓은 작약밭으로 만들고 싶다. 이 계절에는 이 꽃들만큼 화사한 색감도 없는 것 같다.

며칠 전부터 모란이 피기 시작했다. 우리 정원에서는 모란이 먼저 꽃봉오리를 열고 이어 작약이 화답하듯 그 신비를 보여 준다. 은행나무 부근에 모란 정원을 따로 만들었는데 햇살이 늦게 들어 꽃봉오리도 조금 늦게 부풀어 있다. 여기저기 모란과 작약을 얼마나 심었던지 봄이 되어야 그 자리를 알 수 있을 정도다. 발길 머무는 곳마다 모란과 작약이 반겨 주는 것을 보고 싶은 마음에 '보물찾기' 하듯 감추어 놓았다.

그 많은 모란 가운데 식당 앞의 연분홍빛 모란에게 자주 눈길이 간다. 사람마다 취향이 다르겠지만 나는 이상하게도 연분홍의 색감에 끌린다. 그 어떤 물감도 그러한 색을 구현해 내지 못할 것 같다. 종이 공작을 아무리 잘한다 해도 저렇게 정교하게 꽃잎을 표현할수 있을까 싶다. 이러하므로 모란이 필 때는 연인을 만나는 것처럼 설레며, 작약이 필 때는 또 그리운 이를 만나는 것처럼 가슴이 뛴다.

앞서거니 뒤서거니 하며 피는 모란과 작약. 그 자태도 마치 자매처럼 닮아 있다. 그래서 자세히 모르는 이들은 두 꽃을 오인하여 말하기도 한다. 그때마다 "모란은 나무에서, 작약은 꽃대에서 꽃이 피어요."라고 설명하지만 구분이 쉽지 않은가 보다. 한문으로 목단牧丹이라 하는 모란은 묵은 대에서 햇순이 나와 꽃망울이 맺히고, 작약은 풀처럼 시들어 죽었다가 이듬해 꽃대가 올라오는 것이 다르다.

모란 줄기가 불에 그을린 것처럼 까맣게 보이는데 그것은 그

옛날 측천무후가 모란꽃을 질투하여 불에 태웠던 흔적이라 한다. 역사적 진위를 떠나 제왕마저 질투하게 만드는 고결한 아름다움이 있는 꽃이라는 점이 흥미롭다. 일본 속담에 '서 있으면 작약, 앉으면 모란, 걸으면 백합'이라 했다. 모란과 작약이 얼마나 풍염했으면 미인에 빗대어 말을 했을까. 이리 봐도 저리 봐도 자태가 빛나는 꽃이라 그렇다.

특히 작약은 월나라의 절세미인 서시가 술에 취한 모습 같다고 해서 취서시라고도 한다는데 그 표현이 참 생생하다. 바라볼수록 정신을 빼앗기게 하는 꽃임에 틀림없다. 그 독보적 빛깔은 봄비에 아무리 젖어도 바래거나 지워지지 않는다. 이러하므로 일찍부터 모란을 화중지왕花中之王, 작약을 화중지재花中之宰로 묘사했다.

고려 의종은 작약을 무척 아꼈던 인물이다. 문신 황보탁은 왕궁 정원에 화려하게 피었다 지는 작약을 아쉬워하는 임금을 보며 이렇게 시를 지었다.

누가 꽃을 보고 주인이 없다던가.
임금님이 매일 친히 와 보신다네.
첫 여름을 응당 맞이해야 할 텐데
혼자서 남은 꽃을 지키고 계신다네.

모란이 지고 작약마저 흩어지면 곧 초여름이다. 계절의 변화에 꽃을 보내야 하는 안타까운 심사를 객관적 시선으로 잘 표현하고 있다.

이제 모란과 작약이 만발하면 온 도랑이 물감을 풀어 놓은 듯 환해질 것이다. 우리 정원에 이 꽃들이 없었다면 봄날의 행복이 반감되었을 것이다. 이때의 전경은 천상의 정원이라 이름하여도 무방하다. 그러니 따로 시간을 내어 다른 곳으로 봄놀이 갈 필요 없다. 여기는 내가 설계하고 가꾸어 온 작은 우주이기 때문이다.

> 고민하고 있구나. 슬픈 일도, 가슴 아픈 일도 있구나.
> 그럼에도 기뻐하라.

헤르만 헤세의 말이다. 모란과 작약이 이렇게 등을 다독이며 위로해 주고 있는 것 같다. 이것이 꽃이 우리에게 전하는 봄날의 응원 아닐까.

우리 곁에는

별과 꽃이 있다

봄 가뭄이 심했는데 단비가 내렸다. 거의 한 달여 만에 듣는 빗소리라 유독 반가웠다. 우산을 받쳐 들고 비 내리는 풍경을 즐기다가 들어왔다. 이번 비에 푸석푸석하던 땅이 촉촉이 젖었다. 그 덕분에 수목들이 갈증을 해소하고 때를 만난 듯 싱싱해졌다. 하루 사이에 새순이 성큼 돋아나 연두색 물감을 풀어 놓았다. 벚꽃이 진 자리에는 벌써 새잎이 돋아나 신록의 잔치를 벌이고 있다.

은행나무 뒷밭에 뿌려 둔 유채꽃씨가 이번 비에 생기를 얻을 것이다. 그 사이에 비가 몇 번 내려 주었더라면 벌써 한 뼘이나 자랐을 터인데 가뭄이 계속되어 크지를 못했다. 비 맛을 보았으니 이제부터는 쑥쑥 자랄 것 같아 안심이 된다. 어제 상추 모종까지 심었으니까 비가 적기에 와 준 셈이다. 작은 땅이지만 이미 농사가 시작되었다. 내일은 고추 모종을 옮겨 주고, 미리 파 놓은 구덩이에 호박도 심어 줄 것이다.

올해 봄은 멀리 꽃구경을 가지 못하고 절에서만 지냈다. 이제는 우리 정원 수목들도 자리를 잡아 다른 곳으로 발품 팔지 않아도 충분히 다양한 봄꽃을 감상할 수 있게 되었다. 이번 봄에는 수선화를 맘껏 들여다보는 호사를 누렸다. 지난해에 심어 놓은 수선화가 도량을 이렇게 화사하게 만들어 줄 것이라고는 생각지 못했다. 꽃은 정성을 들인 만큼 정직하게 보답하므로 가꾸고 돌보는 재미가 있다.

> 기쁜 일이 있고 나면
>
> 꽃이 하나 피어나고
>
> 슬픈 일이 있고 나면
>
> 별이 하나 떠오른다

박노해 시인이 남긴 글이다. 이렇게 우리 곁에는 언제나 별이 있고 꽃이 있다. 인생길이 아무리 고단하여도 우리 삶은 별과 꽃이 받쳐 주고 있는 것이다. 세월 따라 사람마다 자기만의 사연을 간직한 꽃이 피고 별이 뜨고 또 지는 셈이다. 이러하므로 해마다 꽃이 활짝 피는 것은 삶의 위로이자 축복이 아닐 수 없다.

봄꽃 가득한 정원에서 "우리가 봄을 몇 번이나 더 볼 수 있을까요? 매년 다시 만난다 하여도 백 번 이상 보기는 힘듭니다."라고 말했다. 매번 마주하는 봄 같아도 앞으로 몇 번이나 더 볼 수 있을 것인가를 생각해 보면 그 반가움의 깊이가 달라진다. 기껏해야 백 번도 보지 못하는 봄을 이번 생애에 또 만나게 되었으니 어찌 기연奇緣이 아니겠는가.

몇 해 전 봄에 방문한 교토 다이고지醍醐寺의 벚꽃 만개한 풍경이 아직까지 잊히지 않는다. 숨은 벚꽃 명소인 그 도량 곳곳에는 고복이 즐비했다. 나이 먹은 능수벚꽃이 가지를 늘어뜨리고 위엄 있게 서 있는 풍경 앞에서 거듭 탄성을 질렀다. 일찍이 벚꽃을 앞에 두고 이렇게 감동하지 않았는데 다이고지의 벚꽃 군락이 연출하는 절경에 전율하고 말았다. 바람에 한들한들 흔들리는 능수벚나무의 미학을 이곳에서 비로소 발견하게 되었다. 우리나라의 왕벚나무 꽃길과는 또 다른 매력이 숨어 있었다. 이런 까닭에 교토 다이고지는 봄날이 되면 몇 번이고 다시 가고 싶은 절이다.

앞서 밝힌 것처럼 다이고지를 방문한 다음해 식목일에 능수벚나무를 몇 그루 심었다. 다이고지에서 느낀 봄날의 감흥을 이곳에서도 재현해 보고 싶은 소망이었다. 물론 세월이 한참 지나야 그 정도의 수형이 되겠지만 한 해 한 해 커 가는 모습을 지켜보며 즐거움으로 삼는다. 능수벚나무를 심을 때 겹벚나무도 여러 그루 사 왔다. 겹벚꽃은 왕벚꽃이 지고 난 후에 비로소 꽃을 피우는데 송이송이 달린 연분홍 색감이 사람의 눈길을 오래 머물게 한다.

법주사 수각 근처의 겹벚도 볼 만하지만 서산 개심사의 겹벚이 오래되어 입소문이 더 대단하다. 늙고 늙어서 검게 된 고목 가지에서 피는 꽃이 더욱 탐스럽고 화사하기 때문이다. 개심사 근처의 문수사도 이맘때 즈음이면 겹벚꽃이 향기를 발산하고 있을 것이다. 일주문에서 본당까지 늘어선 꼬불꼬불 가지에 핀 꽃망울은 세상 온갖 근심을 잊게 한다. 그곳을 다녀온 후 내가 살고 있는 절에도 겹벚나무를 심어야겠다는 결심을 했었다.

지금까지 우리 정원에 심은 꽃과 나무를 말하자면 시간이 모자랄 정도로 다양하다. 여태껏 옛사람이 심어 놓은 혜택으로 나무의 은덕을 누리고 살았다면, 나 또한 나무 몇 그루 심어 놓고 떠나는 것이 후인을 위한 배려일 것이다. 이 세상에 태어나 나무 한 그루 남기지 않는 사람이 가장 큰 죄인이다.

적당히

행복해라

"경제는 중산층에 머물면서 정신적으로는 상위층에 속하는
사람이 행복하고, 사회에도 기여하게 된다."

김형석 교수의 『백년을 살아보니』라는 책에서 다음과 같은 대
목을 읽었다. 그동안 다양한 이웃들과 교류해 보니 이러한 범
주에 속하는 이들이 행복 지수도 높고 사회봉사에도 적극 참
여하고 있었다. 지나친 재산과 높은 지위는 그만큼의 대가를
감수해야 하므로 더 피곤할지 모른다. 무엇이든 부족하고 아쉬
워야 소유하는 것이 기쁨이 될 텐데 이미 풍족하여 모자란 것
이 없다면 소유하는 기쁨이 크지 않다는 뜻도 된다.

그렇다면 어느 정도의 재산을 가져야 행복한가에 대한 답도 어렵지 않다. 그의 인격만큼 가지는 게 답일 것이다. 인격 성장이 부족한 사람에게 거액이 주어지면 그 복을 수용하지 못해 오히려 화근이 되는 경우가 많다. 재벌가들이 남의 인격을 무시하거나 사회에 적응하지 못해 물의를 일으키는 것도 결국은 인격이 확장되지 못해서 그렇다. 인격이 형성되지 않은 이에게 재산과 명예가 주어지면 그 사람의 그릇이 받쳐 주지 못해 급기야 넘치고 만다.

또한 잘 나가던 사업이 갑자기 기울어지는 것은 그릇보다 더 큰 욕심을 낸 결과일지 모른다. 그래서 사업에 성공하려면 인격 도야와 진리 탐구를 우선해야 그 운과 복을 꾸준히 유지할 수 있다. 이러하므로 자신의 인격에 준하여 돈을 벌어야 행복한 삶이다. 재산은 많은데 맨날 천 날 사건 사고가 터져 속 시끄럽다면 그게 무슨 소용이겠는가. 수입은 적더라도 속 편하게 지내는 것이 차라리 더 옳은 인생 사업이다.

> "하늘에서 보배가 빗줄기처럼 쏟아진다 하여도
> 자기 그릇만큼만 그것을 담을 수 있다"

의상대사가 남긴 보장금언寶藏金言이다. 아무리 욕심을 내어도 각자가 지닌 용량만큼만 채울 수 있다. 그러니까 욕심부터 내지 말고 자신의 인격 그릇을 먼저 키우라는 말이다. 그래서 명상 수업에서는 복福 닦기와 도道 닦기를 권한다. 복 닦기는 남에게 베푸는 행위이고 도 닦기는 욕심을 줄이는 수행이다. 도 닦기를 통해 마음과 몸이 시키는 것에 속지 말고, 관찰자가 되어 바라보면 욕심 조절이 가능할 것이다. 욕심에 속박되어 있으면 물속의 고기가 목말라 하듯 만족을 모르고 넘치는 욕구를 쉽게 알아차리지 못하게 된다. 남의 욕심은 잘 보여도 내 욕심의 수위는 스스로 판단하기 어렵다. 마음 수련은 그 욕심을 들여다보기 위한 훈련이다.

설명이 다소 길어졌지만 결론은 이웃에게 인색하지 말고 마음을 옹색하게 가지지 말아야 복이든, 돈이든, 명예든, 소원이든 이룰 수 있다는 것이다. 여기서 중요한 것은 자신의 그릇이 감당할 수 있을 정도만 가져야 행복에 더 가까워질 수 있다는 사실이다. 분수 넘치는 욕심을 부리지 말라는 뜻.

옛 어른들이 '적당히 행복하라'고 했다. 이 말은 어지간히 하라는 말과 같다. 뭐든 어지간히 해야 뒤탈이 없다. 행복 추구도 지나치면 기준이 자꾸 높아져 오히려 불행하다. 그러므로 분수껏 적당히 행복한 것이 좋다. 국의 간을 맞출 때도 적당해야 가장 맛있다.

하버드 대학생과 여성 천재들을 육십 년간 추적 관찰하여 펴낸 보고서에 의하면, 행복의 조건 가운데 일과 놀이의 통합 능력이란 항목이 있다고 한다. 일과 취미의 적절한 조화가 이루어질 때 행복감이 상승한다는 통계다. 일이든, 놀이든 한쪽으로 기울어져 있으면 스트레스가 된다는 말이다. 앞에서 어른들이 당부했던 '적당히 행복하라'는 법칙과 무엇이 다르랴 싶다. 일과 생활이 균형을 이룰 때 삶에 여유가 생기고 마음도 느긋해진다.

　좀 전에 풀 뽑던 일을 그만두고 방으로 들어왔다. 하루 종일 매달려도 끝이 없는 일은 적당한 때에 마무리를 해야 골병들지 않을뿐더러 기분도 즐겁다. 어떤 부부는 해 지고 난 뒤 달빛에도 일을 한다는데 그건 열정이 지나쳐 일의 노예가 되는 생활일 것이다. 정원 일도 적당히 해야 활력이 되고, 재미가 난다. 뭐든 지나친 것은 목표가 아니라 욕심이다.

여름

바람에게 물어라

夏

바람에게

물어라

강원도 삼척에 살고 있는 친구 스님이 벽걸이 시계를 보내왔다. 포장을 열어 보니 평범한 시계가 아니라 특별히 고안된 시계라서 은근 마음에 들었다. 시계의 숫자판에 '원각도량하처 현금 생사즉시圓覺道場何處 現今生死卽是'라는 한문이 들어가 있다. 열두 개의 글자가 시계 숫자판과 일치해서 시간을 읽는 데 불편하지도 않다.

시계에 인용한 글자는 해인사에 전해 오는 오래된 가르침이다. 친구 스님은 이를 '행복 세상 어디? 지금 바로 이곳!'이라 풀이했는데 그 뜻이 딱 와닿는다. 행복이 어디 있느냐에 대한 적절한 대답이다. 자신이 서 있는 삶의 현장을 떠나서 행복은 존재하지 않을 것이다. 사실 행복 문제에 정답은 없다. 앞서 살았던 스승들이 여러 개의 답안을 내놓았으나 정답은 아니다. 행복감은 그때그때의 느낌이므로 뭐라 규정할 수 없다.

　그렇지만 행복하지 못한 원인에 대해선 정답이 있다. 인간의 욕심이 그 근본이라는 진단이 나왔기 때문이다. 무언가 소유하고픈 지나친 욕심이 불행을 조장하는 큰 역할을 한다는 것이다. 그래서 욕심 수치와 행복 수치는 반비례할 수밖에 없다. 욕심이 많으면 행복은 작아지고, 욕심이 적으면 행복은 커지는 법이라 그렇다. 따라서 욕심을 잘 조절하는 것이 행복의 관건이다.

　불교에서 말하는 행복 메뉴는 자비다. 자비의 재료는 배려, 양보, 이해, 인정, 연민, 관용, 용서 등이다. 이런 재료가 풍성할 때 행복한 삶의 식탁이 만들어지는 것일 테다. 인도 다람살라에서 수행하는 어떤 노승이 "행복의 원천은 돈과 권력이 아니라 따뜻한 마음씨다."라는 법어를 남겼다. 결국 따스한 자비와 사랑이 행복의 온도를 높이는 데 큰 기여를 하는 것이다.

　나도 행복 시계를 만들어 보았다. 숫자판 12, 3, 6, 9 위치에 '자비, 용서, 이해, 양보'를 넣고 시침과 분침을 그렸다. 하루 스물네 시간 가운데 이 네 가지를 잘 기억하면 내 삶의 행복 시계는 멈추지 않을 것 같아서다.

바람에게 물었다.

"어떻게 살아야 잘 사는 거지?"

바람이 대답했다.

"가볍게 살면 돼, 나처럼."

바람이 우리에게 전해 주는 따뜻한 선물이다.

삶이 버겁다고 느끼는 건 바람처럼 살지 못해서가 아닐까. 바람과 같이 가벼워질 수 있다면 인생길도 경쾌해질 수 있다. 바람이 가벼운 이유는 어디에도 오래 머물지 않기 때문이다. 머물지 않는다는 것은 집착하지 않는다는 의미도 있다.

바람의 법문은 감정의 정거장에 오래 머물지 말 것을 주문하고 있다. 순간순간 느끼는 감정을 흘려 보내라. 오래 간직하면 종일 기분이 무거워진다. 어차피 떠날 감정인데 오래 붙들고 있으면 자신만 손해다. 오늘 기분 상한 일이 있었다면 내 앞을 지나가는 버스라 생각하고 손 흔들어 배웅하라.

불교는 '행복을 얻는 것'이 아니라 '괴로움을 없애는 것'에 초점을 두고 있다. 왜냐하면 괴로움이 행복의 방해 요소이기 때문이다. 불쾌한 기억이나 마음 상한 일은 지금의 행복을 방해하는 감정들이다. 명상법에 '대면 관찰' 수행이 있는데, 이는 몸의 느낌이나 감정의 느낌을 직접 대면하면서 그 감정을 다독이는 치료법이다. 거울 속 자신을 들여다보듯 한발짝 떨어져서 관찰해 보면 감정은 실체가 없다는 것을 깨닫게 된다.

실체 없는 감정에 끌려다닐 필요 없다. 그럴 땐 침묵의 명상도 좋다. 요동치는 흙탕물을 가만히 두면 찌꺼기가 가라앉고 맑아진다. 명상을 통해 생각의 찌꺼기를 걸러 내고 그 오염된 것을 버리게 되면 불쾌해지기 전의 맑은 마음이 드러나게 된다. 이처럼 행복하려면 감정의 다스림이 중요하다.

『금강경』에 '응무소주應無所住 이생기심而生其心'이라 했다. '감정에 묶이지 말고 갇히지 말라, 그런 마음을 내라'는 뜻이다. 큰 의미에서 보면 불교 수행은 내려놓음을 훈련하는 과정이다. 첫 번째는 삶에 대한 집착을 내려놓는 것이고 두 번째는 욕심에 대한 집착을 내려놓는 것이고, 세 번째는 자기애를 내려놓는 것이다.

줄에 묶여 있으면 자유롭지 못하다. 그 줄이 황금 줄이라 해도 불편한 것은 똑같다. 그러니까 좋은 일이든, 나쁜 일이든 속박되면 괴로움이 된다는 말이다. 때때로 삶이 무거운 것은 큰 것을 얻지 못해서가 아니라 작은 것을 내려놓지 못해서이다. 이러하므로 인생사가 울적할 때마다 바람에게 삶의 지혜를 물어볼 필요가 있다.

가장 아름다운

명작

근처의 개인 수목원에 다녀왔다. 주인장이 평생 수집하며 가꾼 다양한 식물을 관찰하고 그 솜씨를 배워 왔다. 산의 지형을 잘 이용하여 오밀조밀 조성해 놓은 정원이 마음에 들었다. 수천 종류의 식물이 자라고 있다고 해서 반드시 멋진 정원은 아닐 것이다. 그곳에 정원지기의 철학과 공력이 배어 있어야 하고 사랑과 감사가 충만해야 그 가치가 더 빛난다. 정원은 노력과 시간이 쌓여 완성되는 역사이기 때문이다.

영국에서 정원을 찬양할 때 자주 인용하는 시, 러디어드 키플링의 「정원의 영광」에 이런 내용이 있다.

영국은 하나의 정원이다.

그리고 이런 정원은 그늘에 앉아

'아 정말 아름다워!'라고

노래하며 만든 게 아니다.

부지런한 정원사의 열정과 땀을 격려하고 있는 내용이다. 정원은 날마다 이어지는 주인의 관심과 손길로 아름답게 가꾸어지는 것이나 다름없다. 정원을 지닌 이 치고 게으른 사람은 없다고 본다. 만약 한없이 놀고먹는 게으름뱅이 정원지기라면 그는 이미 자격 미달.

이러하므로 정원은 주인의 온전한 작품이라 해도 과언이 아니다. 봄날에는 아침부터 밤까지 정원에서 시간을 보내기도 할 것이다. 심지어 외출을 미루기도 하고, 방문하는 손님들이 달갑지 않을 때도 있으리라.

시인 러디어드 키플링 또한 넓은 정원을 가꾸며 살았는데 뒤뜰에다 해시계를 마련해 두고 '당신이 생각하는 것보다 시간이 늦었다'라는 문구를 새겼다 한다. 손님들이 떠날 시간을 미리 암시해 둔 것이다. 정원의 풍경에 취해 놀다 보면 방문객들이 돌아갈 시간을 자꾸 지체하기 때문이다. 정원 주인은 할 일이 많은데 손님이 시간을 붙들고 있으면 방해꾼이 되므로 그

랬을 것이다.

　며칠 전에는 충남 태안의 천리포 수목원을 원 없이 구경하고 왔다. 감탄을 연발하며 우람한 목련나무가 즐비한 둘레에서 한참을 머물다 온 기억이 선명하다. 목련이 저만치 몸을 키우기까지 얼마나 많은 세월이 필요했을까 생각하니 참으로 경이로웠다. 우리 정원의 목련은 십 년이 지났는데도 성장이 더디던데 그 나무는 마을의 당산나무처럼 품이 넉넉했다. 어쩌면 큰 나무를 대면한다는 것은 세월의 역사를 만나는 일인지도 모른다. 나무가 지닌 시간과 세월은 결코 돈으로 환산할 수 없는 무형의 자산이다.

　요 며칠 동안 여기저기 발품을 팔고 다니느라 힘들고 지쳤는데 우리 정원의 식구들과 마주하니 파릇파릇 생기가 돌아왔다. 새롭고 낯선 곳이 아무리 좋아도 친숙한 내 집이 편하고 눈에 익은 내 뜰이 더 아늑하다. 한 뼘 정원이라 할지라도 내 집의 것이 최고다. 우리 집 담장에도 넝쿨 장미가 만발하였는데 무엇하러 이웃집으로 매일 소풍 가겠는가. 남의 정원보다 내 집의 정원이 나와 더 친밀한 관계이다. 이러한 이유로 정원답사를 며칠 가더라도 그곳 풍경보다 우리 정원이 더 궁금하고 걱정되어 일정을 앞당겨 돌아오곤 한다.

　이런 이야기가 있다.

생선 파는 여인과 꽃을 파는 여인이 장사를 하고 돌아가는 길에 폭우를 만났다. 다행히 꽃 파는 여인의 집이 가까워 둘은 그곳에서 하룻밤을 지내게 되었다. 그런데 생선 파는 여인은 그곳의 잠자리가 영 불편했다. 고개를 돌려 보니 옆에 꽃바구니가 놓여 있었다. 여인은 그 꽃바구니를 치우고 생선 담았던 그릇을 놓아두고는 자리에 누웠다. 그러자 편안하게 잠이 들었다.

그러니까 익숙한 것이 가장 편하다. 비록 오두막일지라도 내 집에서 쉬어야 비로소 안정이 되는 법이다. 이제는 나이가 들어 가는 것인지 어딜 다녀 봐도 숙박하며 구경하고픈 생각은 없다. 볼 일을 마치고 나면 피곤하더라도 당일로 귀가하는 것을 선호한다. 내가 사는 곳이 낙원이며 극락이라는 뜻을 이제야 알겠다. 문을 열면 풍경 자체가 액자가 되고 그림이 되는 곳. 여기는 내 영혼의 안식처이며 사색과 명상의 산실이다.

오후엔 유명 화가들의 정원을 소개해 놓은 책을 읽으며 조촐한 시간을 보냈다. 르누아르와 세잔, 살바도르 달리, 모네 등 그들이 아끼고 사랑했던 정원을 보면서 모든 예술의 원천은 꽃과 나무라는 것을 새삼 느꼈다. 모네는 지베르니의 정원에서 수백 점의 걸작을 그렸고, 고흐는 프로방스의 병원 정원을 거닐며 한 해 동안 백오십여 점 이상의 작품을 완성했다고 한다. 그러니까 정원은 작품의 무대이자 성찰과 휴식의 장소가 된 셈이다.

클로드 모네는 이렇게 고백한다.

"정원은 나의 가장 아름다운 명작이다."

붓을 들어 아무리 아름다운 작품을 완성하더라도, 생명이 숨 쉬는 정원을 능가하는 명작이 될 수는 없다.

정원에서 늙어가는 것은
외롭지 않다

부용꽃이 활짝 피었다. 마곡사 뒤편에 부용암芙蓉庵이라는 절이 있다는데 그 암자에도 부용꽃이 한가득 피었을까. 절 이름만으로도 꽃을 가꾸며 유유자적 수행했을 암주庵主가 상상된다. 이미 고인이 되셨지만 불문佛門의 은사님도 이 꽃을 무척 좋아하셨다. 이제 스승이 머물던 절에서는 부용꽃을 더이상 볼 수 없다. 세월이 지나고 주인이 바뀌면 정원의 취향도 달라지는 것이라서 뭐라 말할 수 없는 일이다.

어느 사찰에 보라색 꽃을 무척 좋아하던 주지가 있었다. 절 곳곳에 보라색 계열의 꽃을 심고 보살피며 아꼈다. 담장 아래에는 보라색 나팔꽃을 심어 놓고 초가을까지 마루에 앉아 감상하기를 즐겼다. 그러나 주인이 바뀐 뒤로는 그 절의 보라색 꽃들이 사라졌다. 해마다 나팔꽃을 심고 가꾸는 이가 없기 때문이다.

이렇게 정원은 주인의 취향이 충실히 반영되기 마련이다. 나는 우리 정원에 수백 가지 꽃을 심을 생각이 없다. 몇 가지만 군락으로 피길 원한다. 봄날 꽃 시장에 가 보면 이름도 생소한 눈부신 꽃들이 얼마나 많은가. 이런 꽃 저런 꽃 진열되어 있어도 선뜻 옮겨 오고 싶은 마음은 들지 않는다. 매번 나의 눈길은 꽃송이가 소담하거나 키 작은 종류의 원예에만 머물더라. 결국 내 취향을 크게 벗어나지 못한다는 의미이다. 원칙 없이 무작정 식구를 너무 늘려도 정신없다. 이름을 기억할 수 있을 정도의 종류만으로 충분하다.

비록 크지 않은 공간일지라도 정원의 주제가 있어야 한다는 게 내 신념. 따라서 꽃을 심는 데에도 적당한 절제가 필요하다. 마구 욕심을 부려 공간을 채우면 풍성한 재미는 있어도 오히려 답답해질 수 있다. 비워 놓을 공간은 확 틔우고 채울 공간은 집중할 수 있게 설계하는 것. 이것이 내가 추구하는 선禪의 정원이다. 선의 정신은 있어야 할 곳에, 있어야 할 것이 있도록 하는 것이다. 이른바 군더더기를 철저히 배격하는 미학이다.

이런 까닭에 나는 다양한 품종의 꽃을 선호하지 않는 편이다. 그저 내 마음에 드는 꽃 몇 가지만 있으면 그것으로 만족이다. 저마다 자신들이 좋아하는 꽃을 추천하면서 이것도 심어라, 저것도 심어라 조언하지만 그렇게 하면 내가 원하는 정원이 만들어지지 않는다. 그래서 참고만 할 뿐 실제로 행하는 경우는 적다.

동양 문화에서는 풍경을 빌려 오는 차경借景을 강조한다. 문이나 창을 열면 사계절의 풍경을 돈 들이지 않고 빌려 와 즐길 수 있게 배치한 것이다. 저 앞산 풍경을 무엇 하러 값비싼 돈을 치르고 살 것인가. 소유하지 않아도 바라보며 감상하면 진정 주인인 것을. 그러므로 공간 전부를 정원으로 구획할 필요 없다. 때로는 빌려 쓰는 공간도 필요하다.

이를테면 마당이 그런 기능을 한다. 비워 놓았으니 무엇이든 그릴 수 있다. 마당으로 비와 바람, 햇빛과 하늘을 빌려 올 수 있으니 이보다 좋은 캔버스가 없다. 이곳 마당의 여름날 잔디와 겨울날 눈은 그대로 한 폭의 그림이 된다. 마당을 비워 놓지 않았다면 이렇게 다양한 풍경 연출은 불가능했을 것이다.

여름날의 부용꽃을 보며 여러 가지 생각을 중언부언하였지만 어디까지나 이곳이 내 취향의 정원이라는 것을 말하고 싶다. 주인이 바뀐다면 지금과는 전혀 다르게 고치고 다른 방식으로 관리할지 모른다. 그러니까 정원 예술은 주인의 취향일 뿐 반드시 고집해야 할 절대적 기준이 아니므로 이 집과 저 집의 정원을 비교하거나 평가하는 것은 의미 없는 일이다. 어떤 형식이든 자신만의 정원을 지니는 것이 더 중요하기 때문이다.

영국 남자의 칠십 퍼센트가 가드닝이 취미란다. 아내 잔소리 듣기 싫어 밖의 일에 몰두한다는 우스갯소리도 있지만 정원 일이 주는 단순하고도 가장 확실한 즐거움 때문에 그럴 것이다. 대지의 생명과 마주하는 일은 경이와 감탄의 연속이며 땀 흘리는 만큼의 결실과 수확이 있다. 나도 다른 일은 오래 지속할 자신이 없는데 이 일은 꾸준히 즐길 수 있을 듯하다. 적어도 정원에서 늙어가는 세월이 억울하거나 외롭지 않을 것 같으니까.

더위가 좀 시들해지면 꽃 이름표를 달기로 약속했는데 말만 꺼내 놓고 여전히 실천을 못하고 있다. 꽃나무나 산나물 이름을 잘 모르는 이들을 '식물맹盲'이라 부른다 하여 내일이라도 당장 이름표를 달아야지 생각하다가도 과연 이름표가 도움이 될까 하는 의구심도 든다. 여기 정원에는 희귀한 수종보다는 어디서나 흔히 볼 수 있는 꽃과 나무만 살고 있어서 조금만 관심을 두면 이름을 기억할 수 있기 때문이다.

그런데도 그 이름이 입안에서만 뱅뱅 돌고 잘 외워지지 않는다는 이들이 있다. 그런 분들에겐 '숲 해설사' 수업을 권유하곤 한다. 어느 날 그중에 한 분이 숲 해설을 배우고 오더니 꽃 이름에 척척박사가 되는 것을 보면서 사물에 대한 섬세한 관찰과 호기심보다 더 뛰어난 교사는 없다는 생각이 들었다.

빨래 일을

마치고

장맛비 지나간 다음 날이라 햇살이 가볍고 상쾌하다. 모처럼 하늘도 맑은 얼굴을 드러냈다. 이런 날은 눅눅하던 몸의 리듬도 보송보송해지는 느낌이다. 며칠 만에 찾아온 맑은 햇살을 그냥 놀리기 아까워 이불 빨래를 하고 나니 오전 시간이 후딱 지나갔다.

이른 아침부터 세탁기 돌아가는 소리를 들으며 청소기로 방을 정리하고 걸레질하는 시간이 좋다. 하나하나 제자리를 찾는 기분이다. 빨랫감이 여기저기 모여 있고, 먼지와 쓰레기들이 쌓여 있으면 마음이 심란하고 머리가 무겁다. 그러나 하나둘 정리정돈이 되어 가며 그 공간이 다시 침묵으로 고요해질 때는 마음까지 간결해진다. 공간은 가득 채워 두었을 때보다 텅 비워 두었을 때가 훨씬 여유 있는 법이다. 그럴 때 비로소 내가 그 공간의 주인이 된다. 사람이나 물건이나 자기 자리에 있을 때 빛나는 존재가 될 수 있다.

출가 이후 줄곧 하는 일이 있다면 빨래하는 것이다. 다른 일 과는 누군가의 도움을 받을 수 있어도 이 일만은 누가 대신해 줄 수 없다. 내가 입던 속옷을 누구의 손에 맡긴단 말인가. 그 래서 독신 수행자들은 빨랫감 앞에서 게으름을 피우지 않는 다. 요즘 같은 더위에는 땀을 자주 흘리므로 다른 계절보다 세 탁실에 머무는 시간이 많다. 밖에서 이런저런 일을 하고 나면 하루에도 몇 번씩 세탁기 신세를 질 때도 있다.

수행 일과를 끝내고 빨래를 건조대에 가지런히 늘어놓으면 새삼 하루의 여정에 감사하게 된다. 더불어 무엇을 하고 지냈 는지 살펴볼 수 있다. 달리기를 했으면 운동복이 널려 있을 것 이고, 밭일을 했으면 작업복이 널려 있을 것이기 때문이다. 오 늘 내 방 앞 빨랫줄엔 침구로 쓰는 얇은 이불과 정원 일할 때 사용했던 장갑과 토시 등이 널려 있다.

지금은 세탁기의 편리함에 기대어 빨래를 손쉽게 해결하지 만 출가 초기에는 일일이 손빨래를 했었다. 그땐 승복도 무명 천을 고집하던 시절이라 매번 풀을 먹여 입고 다녔다. 그 과정도 간단하지 않아서 손길이 여러 번 가야 했다. 빨래가 마르고 나면 햇살 좋은 날을 기다렸다가 밀가루로 풀을 쑤어 손으로 치대어 다시 말려야 했고, 다 마른 뒤에는 다림질을 정성 들여 해 주어야 옷 태가 살아났다. 군인이 군복 손질하듯 승복을 매 만지며 시간을 보냈다. 옷 주름 하나 없이 다림질을 야무지게 해야 실력을 인정받을 수 있었다.

풋내기 시절엔 빨래 손질하는 일이 즐겁고 자랑스러웠다. 그 무렵 어느 잡지에 '빨래 예찬'이라는 제목으로 글을 썼는데 소개하면 이렇다.

'햇볕에 잘 말린 빨랫감을 차곡차곡 갤 때의 마음은 아주 소소한 기쁨이다. 빨래를 하고 나면 분주하던 일상이 다시 가지런해진 기분이 된다. 수행자는 나이가 들수록 자신은 물론이고 일상의 둘레까지 정갈해야 할 것이다. 일상의 한 가지 일이라도 소홀히 한다는 것은 삶의 방향이 들쭉날쭉 질서를 잃었다는 증거이기도 하다. 볕이 좋은 날 수각에 앉아 빨래하는 여유도 없다면 홀가분한 독신이라 할 수 있으랴.'

이야기를 꺼내고 보니, 빨래 수행도 격세지감. 이제는 다림질하는 게 성가시어 기계 세탁이 가능한 소재의 옷을 즐겨 입는다. 세탁 후에 툴툴 털어 입으면 끝이라서 손질이 편리하다. 아직까시 무명 승복에 풀을 먹여 입고 다니는 동료들을 보면 참 존경스럽다. 침모針母보살이 따로 있으면 몰라도 이제는 일일이 손질해 입기는 힘든 나이이기 때문이다. 내가 자주 입던 무명 승복은 몇 년 째 옷장에 유물처럼 보관되어 있는데 기회가 된다면 후배들에게 양도하고 싶다. 더 이상 풀 먹여 손질할 열정도 없을뿐더러 서걱서걱한 그 느낌이 이제는 싫어졌다.

혼자 밥 짓고, 빨래하고, 청소해 보아야 그것을 대신해 주는 이의 고마움을 안다. 아주 나이가 많이 들어 몸을 움직이지 못하는 때가 아니라면 빨래하는 이 일만은 계속할 것이다. 어떤 일에 정해진 의미는 없다고 본다. 그 일에 대한 진정한 의미는 자신이 부여하는 것. 그러므로 모든 일을 나의 기쁨으로 전환할 때 그 일에 대한 의미가 자기 안에서 생겨 난다.

빨래를 할 때마다 '깨어 있다'는 의미를 떠올린다. 깨어 있다는 것은 순간순간의 마음을 놓치지 않는 것이다. 누군가 지금 하는 일에 열중하고 있다면 그 사람의 인생은 깨어 있는 것이다.

이 순간을

잘 지켜라

오전 내내 예초기 작업에 매달렸다. 이른 아침부터 장비를 손질하여 풀을 베고 밭을 일구었다. 연거푸 비가 내린 뒤라 일을 미루었다가는 잡초 천지가 될 상황이라 공양할 새도 없이 현장으로 나갔다. 이번에 작업한 곳은 교육관 뒤 넓은 전답이다. 이 땅에 마가목, 대추나무, 벚나무 등 묘목을 줄지어 심어 놓았는데 밭고랑 사이마다 풀이 무성하여 묘목 높이만큼 자라 있었다. 사월 초파일 전에 밭둑 주변의 풀은 깎았지만 묘목 밭은 손봐 주지 못했기 때문에 서둘러 예초기를 돌린 것이다. 풀도 억세지면 잘 깎이지 않아 작업이 두 배는 힘들어 지기에 적기를 놓치면 물러앉게 된다.

예초기 엔진 소리 때문에 작업할 때는 누가 부르는지, 누가 왔는지도 모를 때가 많다. 앞쪽에서 누군가 손짓하며 쉬라는 신호를 보냈다. 기계를 멈추고 보니 예불에 참여하는 신도님이 음료수를 준비하고 한참 기다린 모양이다. 한 시간 정도 일한 것 같았는데 세 시간 가까이 정신없이 몰두했다는 것을 알았다. 한 번 쉬어 가며 해야 할 일을 무리하게 했더니 기계를 잡았던 손이 물을 마실 때도 덜덜덜 떨렸다.

여름이 지나는 동안 이런 과정을 몇 번 더 거쳐야 할 것이다. 힘들지만, 여기에 공을 들이는 나름의 사연이 있다. 지난가을 이곳의 밭둑을 넓혀 벚나무를 심어 산책로를 만들고, 올봄에 야자 매트를 깔아 걷기 편하게 조성하였다. 아직 완성된 것은 아니지만 가을까지 산책로에 국화를 가꾸어 꽃길로 만들 계획이다. 일부 구간은 이미 국화와 구절초가 자리 잡았고, 나머지 구간에도 꺾꽂이해 놓은 국화가 뿌리 내리면 옮겨 심을 것이다.

우리 절 사부대중이 자주 부르는 「마야사의 노래」 가사에 "봄에는 꽃이 피고 여름엔 맑은 바람이 있으며 가을에는 국화 만발하고, 겨울에는 설경 있어 춘하추동 장광설을 펼치는 곳"이라는 내용이 있다. 노랫말과 일치하는 풍경을 만들기 위해서는 가을 국화가 아름다운 절이 되어야 한다. 그러므로 어느 때보다 정성을 기울이고 있다. 카페 앞이 밭에 국화를 심기 위해 기초 작업을 해 놓았는데 여기에 국화 단지가 잘 조성되면 볼 만한 경치가 되리라 믿는다. 다가오는 가을 축제를 위해 봄부터 호미와 가까이하며 차근차근 준비해 가는 중이다.

명상 교과서에 보면 이런 표현이 있다.

> "지나간 것에 애태우지 말고, 앞으로 올 일도 바라지 말며,
> 다만 이 순간을 잘 지켜라."

정신이 건강하지 못한 사람은 과거나 미래에 살고, 정신이 건강한 사람은 현재를 산다. 그러므로 마음이 현재에 있어야 불안하거나 조급해지지 않는다. 지나간 일에 마음 두거나, 아직 오지 않은 미래에 매달리기보다는 지금의 시간에 집중하며 즐기는 태도가 필요하다.

마스크를 쓰지 않던 이전의 일상을 그리워하는 사람이 무척 많다. 예전과 같은 일상으로 돌아가는 훗날을 손꼽아 기다리기도 한다. 그러나 중요한 것은 '오늘을 사는 일'이다. 코로나 질병 이전과 지금을 자꾸 비교할 이유가 없다. 그것은 이미 과거의 일이기 때문이다. 지금 이 순간, 우리가 할 수 있는 일이 무엇인가를 고민하면서 해법을 구하는 것이 훨씬 성숙한 자세

가 아닐까 싶다. 오늘 하루의 방역 수칙을 잘 지키며 살아갈 수 있다면, 이런 난리도 언젠가는 조용해질 때가 올 것이다. 무엇이든 영원한 것이 없다는 부처님의 말씀을 위로 삼자.

선사들의 가르침에 '사중득활死中得活'의 법문이 있다. 여기에 힘든 시기를 극복하는 교훈이 담겨 있다. 즉, 죽을 각오를 하면 도리어 살 수 있는 길이 열린다는 뜻이다. 뭐든 죽지 않으려 하니까 불안하고 두렵다. 그러나 죽을 각오로 덤비면 힘과 용기가 주어지지 않겠는가. 인간의 역사는 매번 호락호락하지 않았다. 늘 전쟁, 기아, 질병 등이 우리를 고난 속으로 몰아갔다. 따라서 우리가 힘든 시절에 처해 있다는 것은 새로운 자각이 필요한 때가 되었다는 뜻이다. 지금의 상황을 인정하며 현재 할 수 있는 최선의 일이 무엇인지를 살펴보자는 것이다. 그 묘수가 '사중득활'의 지혜 속에 있을지 모른다.

그래서 나는 미루지 않고 오늘의 할 일을 한다. 오후에는 국화 가지 꺾어 작은 화분에 심는 일을 했고, 저녁 공양 후에는 해우소 앞 돌 틈에 촘촘히 자라는 풀을 제거하기 위해 제초약을 뿌렸다. 이런 일상은 어려운 상황이라 해서 포기하거나 물러날 일이 아니기 때문이다. 행복의 길은 마음의 시제가 언제나 '지금'일 때 활짝 열린다.

저 사람

꽃밖에 몰라

무더위가 시작되기 전에 소나무 가지치기를 단행했다. 일을 벌인 김에 병충해 약재도 구해 와서 살포해 주었다. 다른 나무와 견주었을 때 소나무는 더 많은 손길이 필요하다. 잔가지 정리도 자주 해 주어야 하고, 전염병이 오르지는 않았는지 수시로 살펴보아야 한다. 소나무의 고고한 기상과 고매한 기품은 그냥 빚어지는 게 아니다. 오랜 세월 풍상을 견뎌 온 낙락장송이 아니고서는 꾸준히 관리를 해 주어야 명품 나무로 자랄 수 있는 것이다.

코흘리개 아이들도 머리 손질을 해 주면 인물이 나듯 소나무 또한 빗질을 자주 하면 얼굴이 달라져 보인다. 그게 소나무의 멋을 살리는 길이다. 그냥 두면 봉두난발하여 원래의 기품이 사라지고 만다. 이런 수고를 알기에 소나무가 잘 정돈된 곳을 방문하면 그 주인의 솜씨와 재주를 가늠해 볼 수 있다.

우리 정원의 소나무들은 옮겨 온 시기와 인연이 모두 다르지만 아직까지 별 탈 없이 자리를 잘 지키고 있다. 주차장 경계에 일렬로 서 있는 소나무는 십 년이 지나는 동안 부쩍 자라 인물값 한다는 소릴 듣는다. 물론 그 과정에서 여러 차례 수형을 만들어 주고 가지를 솎아 주었다. 소나무는 골격이 밋밋하면 멋이 덜하고 굴곡이 살짝 있어야 그 가치가 빛난다. 평탄한 삶보다 굴곡진 인생이 더 옹골차게 느껴지는 것과 같은 이치다.

마야 동산 입구에 신장처럼 늠름하게 서 있는 반송은 최근에 옮겨 온 것이다. 저 건넛마을 이장님이 토목 공사를 완료한 기념으로 자신의 정원에서 키운 것을 시주하였다. 그 집에서 이곳으로 싣고 올 때의 감회는 지금도 새롭다. 인부들과 반나절 작업 후 좁은 화물칸에 실어 조심조심 이사했다. 매우 준수한 인물을 지닌 나무라 큰 수고를 치르더라도 꼭 우리 정원의 식구로 맞이하고 싶었다. 반송은 손길이 몇 배는 더 가는 것을 알기에, 나무를 선뜻 내어 준 그 마음이 고마워 기념비라도 세워 주고픈 심정이다. 이렇게 나무는 저마다 사연을 다 지니고 있다.

나무 이야기를 하다 보면 밤을 세워도 끝나지 않을 만큼 사연이 무궁무진하다. 이곳에서 수행하며 지낸 세월의 절반은 꽃, 나무와 친구하며 보낸 시간이다. 그러니 내 일기장엔 나무의 이력과 추억이 다 기록되어 있다.

'저 사람 시밖에 몰라', '그 사람 꽃밖에 몰라' 이런 소리를 듣는 사람이 많아야 세상이 더 맑아질 것이다. 시를 사랑하고 꽃을 가까이하는 사람의 마음은 평화에 훨씬 가까울 것이기 때문이다. 그런 사람에게는 샘물 같은 시심詩心과 꽃씨 같은 사랑이 숨어 있을 가능성이 높다. 무엇보다 대지와 더불어 땀을 흘리는 이들은 흙처럼 부드럽고 포슬포슬한 심성을 지녔을 것이라는 내 신념을 더 믿고 싶다.

영국 속담에 '우유를 마시는 사람보다 우유를 배달하는 사람이 더 건강하다'는 표현이 있다. 어쩌면 꽃집에서 꽃을 사가는 사람보다 꽃을 가꾸는 사람이 더 건강할지 모른다. 정원과 함께하는 일상은 전부 몸을 움직여야만 하는 일이라 건강해질 수밖에 없다.

정원 일을 자주 도와주는 승복이 어머니는 흙을 만지고부터 부쩍 건강해졌다. 언제나 골골하여 사소한 병을 달고 살았는데 호미를 들고 나서 아픈 증상이 사라진 것이다. 흙이 제공하는 심리적인 치료 효과를 톡톡히 보고 있는 셈이다. 아마도 정원에서는 욕심이나 고민이 발들이지 못하는 순수의 시간을 보내기 때문일 것이다.

최근 영국에서는 진통제 대신 '일주일에 두 번 공원 걷기', '일주일에 세 번 정원 일하기' 등을 공식적으로 처방할 수 있게 되었다고 한다. 식물을 가까이하는 것만으로도 몸의 통증을 완화하는 데 효과가 있다는 것이다. 햇빛, 운동, 흙과의 접촉은 무뎌진 신경계를 회복할 수 있게 도와주므로 탁월한 진통제가 될 수 있을 것 같다. 일상 속 숲과 정원의 중요성에 대한 대답이기도 하다.

영국의 극작가 조지 버나드 쇼는 아흔넷의 나이에도 정원에서 가지를 치다가 쓰러져 별세했다. 잉글랜드의 시골 지방에서 숲과 함께 오래 살고 싶다는 그의 소망은 완성된 것일지도 모른다. 가장 행복한 삶은 정원을 가꾸다가 꽃들 속에서 생을 마감하는 것일 테다. 나도 그런 마지막을 꿈꾼다. 그가 이런 명언을 남겼다.

> "정원 가꾸기는 두말할 나위 없이 세상에서 가장 값진 일이다."

검질에 져서

죽겠다

오늘 일과를 정리해 본다. 몇 가지 일을 했는지 세어 보니 다섯 손가락 정도는 되겠다. 부지런히 움직이면 참 많은 일을 할 수 있는 게 사람이다. 스물네 시간이 부족한 사람도 있지만 종일 시간이 남아도는 사람도 있다. 시간을 어떻게 사용하느냐에 따라 그 의미는 달라질 것이다. 그러므로 조주선사는 "시간에 끌려다니지 말고, 시간을 부리는 생활인이 되라"는 법어를 남겼다. 시간의 노예가 되지 말고 시간의 주인이 되라는 말씀이 겠지만 시간을 낭비 말고 아껴 쓰라는 충고이기도 하다. 시간의 주인이 되는 삶은 하루 스물네 시간이 짧고 아쉽다. 나이 먹어 갈수록 하루가 얼마나 쏜살같은지 할 일은 태산인데 금방 해가 지는 것 같다.

오늘 첫 번째 일은 빨래하는 것부터였다. 요즘 땀 흘려 작업하는 일이 많아 매일 세탁할 일이 생긴다. 밥해 먹고, 옷 빨고 청소하는 일이 일상이라지만 이 일도 후딱 할 수 있는 게 아니라서 시간을 잘 배정해야 가능하다. 여유가 없을 때는 다른 일에 밀릴 때가 많다.

그다음 일은 화분에 물 주기. 어제는 일정이 바빠 저녁에 물 주는 시간을 놓쳤으니 오늘은 아침 나절에 챙겨야 했다. 여러 개의 화분에 물을 다 주려면 삼십 분은 기본인데, 최근에 국화 삽목을 해 놓아 분량이 더 늘었다.

화분 가운데 강원도의 친구 스님이 라벤더와 수국을 선물로 두고 간 것도 있다. 사월 초파일 전에 우리 정원의 야생화를 분양하였더니 행사를 치르고 그 답례로 다시 꽃을 들고 온 것이다. 꽃을 나누고 전해 주는 이런 마음이 참 훈훈하여 돌아갈 때 황매화와 데이지 꽃을 한 삽 떠 주었다. 가을에는 서로 키운 국화를 들고 때를 맞추어 왕래하기로 약속했다.

우리 사회에 꽃과 나무를 주제로 대화를 나누는 모임이 자꾸 늘어났으면 좋겠다. 보다 높은 지성과 인품은 꽃을 만지고 나무를 가꾸는 일에서 형성된다. 인간사의 가십거리나 정치적 담론은 인격 완성에 별스런 도움이 되지 않는다. 그러므로 꽃과 나무를 통해 가치 있는 삶의 품격을 배우고, 넓고 고요한 마음의 뜰을 확장해 가야 할 필요가 있다.

가정家庭이라는 말처럼 일상 속에 정원을 만들어야 안정적인 생활이 가능하다. 정원이 있어야 집의 완성이란 뜻이다. 그만큼 정원이 사람에게 미치는 영향과 정서가 크다는 의미겠다. 요즘 주택을 구할 때 '숲세권'이 인기라고 들었는데, 이는 사회적으로 숲의 중요성이 커지고 있다는 방증일 것이다. 이렇게 따진다면 우리의 사찰들은 고급 숲세권에 위치하고 있는 천혜의 명당이 아닐 수 없다.

이번에도 풀매기 작업을 했다. 국화밭에 풀이 촘촘히 고개를 내밀고 있어서 호미를 들었다. 달포 전에 사람을 동원하여 뽑았음에도 그새 풀 천지다. 풀이 밭 주인을 따라다닌다더니 그 표현이 맞긴 하다. 책을 보니 잡초 씨는 햇빛을 받으면 발아가 시작되는 '광발아' 성질이 있단다. 이런 성질 때문에 잡초를 뽑아내면 아래에 숨어 있던 잡초 씨에 햇빛이 닿아 잠자던 풀도 눈뜨게 된다는 것이다. 그러므로 뽑고 나면 주인을 따라오듯 다른 풀이 자랄 수밖에 없다. 가히 풀을 이길 수 없는 농학적 구조인 셈이다.

제주 방언으로 잡초를 '검질'이라 배웠다. 그곳에 전해지는 민요 가운데 '다 매영 돌아사 보민 또시 복삭헌 검질'이라는 대목이 있다. 제주는 습도가 높고, 우기가 길이 육지보다 풀 자라는 속도가 두 배 이상 빠르다 하니 '검질에 저서 죽겠다'는 말이 생겼겠다. 오죽했으면 며느리는 잡초가 많은 '진밭'을 주고 딸은 잡초가 덜한 '뜬 밭'을 준다 했을까. 섬이나 육지나 여름철에는 풀과의 전쟁으로 호미 쉴 날이 없는 건 분명하다.

점심 공양 후에 김매던 곳을 마저 정리했다. 다행히 정원 일을 매번 도와주는 분들이 오서서 일손을 덜었다. 주말이면 새벽밥 해 먹고 달려와서 풀 일을 도와주는 이들 덕에 다른 해보다 정원이 깔끔하게 유지되고 있다. 사찰에 기여하는 여러 가지 봉사가 있지만 땀 흘려 호미질하는 일이 최고의 공덕 같다. 꽃구경은 즐겨도 풀 매는 작업을 즐기는 이들은 적으니 더더욱 그렇다.

여기 풀을 뽑으면 저기 풀을 뽑을 수밖에 없다. 그래서 여기저기의 공간이 깨끗해진다. 이른바 정리정돈의 도미노 효과. 주위를 지저분하게 하면 그 일대는 더 엉망이 되고 주변을 정리하면 이웃까지 점점 정갈해지는 현상이 일어난다. 동네 골목에 꽃을 심었더니 휴지나 오물을 버리는 일이 사라졌다는 이야기를 들었다. 빈터를 그냥 두면 쓰레기 밭이 되지만 꽃을 심으면 작은 정원이 되므로 그 영역이 깨끗해지는 것이다. 우리 정원의 무수한 풀을 모조리 제거할 수는 없으나 부지런히 호미질을 하다 보면, 잡초의 번식을 최소화할 수는 있다.

해가 길어져서 저녁 공양 후 살구나무와 자두나무 가지치기를 단행했다. 너무 높게만 자라서 수형도 조절할 요량으로 과감히 가지를 잘라 내었더니 머리 손질한 학생처럼 단정하다. 나무든 사람이든 서로의 간격이 적당히 유지될 때 더 정겹고 오래갈 수 있다. 그 덕분에 살구나무 가지에 가려져 있던 능소화가 돋보이게 되었다.

원예에 몰두하는 시간이 '최고의 명상'이라는 말이 있다. 꽃과 나무를 가까이하는 분들은 이 말에 선뜻 동의할 것이다. 흙을 만지고 있으면 시간 가는 줄 모르고 그 일에 전념하게 된다. '꽃멍'이라는 신조어가 생겼다. 정원 가꾸기를 통해 순수한 집중을 경험하기 때문이다. 한번쯤 호미질 하다가 꽃을 바라보며 멍 때리는 명상을 해 보시길.

나무야 미안해

올해 유난히 칠자화가 눈부시게 피었다. 어디서 날아왔는지 나비가 꽃술마다 앉아서 춤을 추고 있다. 멀리서 보면 마치 나비들이 군무를 펼치는 것 같다. 향기를 따라 찾아온 벌과 나비들의 신명 나는 축제이다. 누가 저들을 향기만 훔쳐 가는 도둑이라 했는가. 꿀을 탐하지만 꽃 하나 다치지 않게 기술을 발휘하여 수정을 도와주니 고마울 수밖에 없다.

반면 우리 정원의 불두화에는 벌이 날아들지 않는다. 꽃송이가 늘어질 정도로 탐스럽지만 향기 없는 꽃은 벌과 나비가 먼저 알아 본다. 그 이유가 궁금하여 식물도감을 읽어 보니 불두화의 암술과 수술이 퇴화해서 그렇단다. 불두화와 유사한 백당나무가 불두화의 조상이라는 것도 이번에 배웠다. 백당나무를 불두화로 개량할 때 열매 없는 무성無性 나무로 만들어 버린 것이다. 불두화 열매를 달기 위해 수정할 필요가 없으므로 꿀벌을 불러들일 일이 없다. 흔히 불두화 열매라 하는 것은 백당화 열매를 착각한 것이다.

칠자화 이야기를 하다가 잠시 엇나가긴 했지만, 이 나무는 흔히 볼 수 있는 종류가 아니다. 그래서 우리 정원의 칠자화를 단박에 알아 보는 이가 있으면 공부를 좀 했구나 싶어서 반갑기도 하다. 이곳의 나무는 평택의 부부 불자가 여러 그루를 기증한 것인데 몇 해 전 한 그루가 죽었다. 멀쩡하던 나무가 시름시름 죽어 가는 연유를 몰랐는데 『식물의 신비생활』이라는 책을 보고 그 의문이 풀리게 되었다. 이 책은 식물에게도 영혼이 있다는 것을 강조한다. 이를테면 예쁘다는 말을 들은 난초는 더욱 아름답게 자라고, 볼품없다는 말을 들은 장미는 자학 끝에 시들어 버리고, 숲속의 떡갈나무는 나무꾼이 다가오면 부들부들 떤다는 실험 결과를 나열하고 있다. 그러니까 식물도 우리처럼 생각하고 느끼고 기뻐하고 슬퍼한다는 것이다.

문득 우리 정원의 칠자화도 내 말 한마디에 상처를 입고 스스로 죽음을 선택한 것이 아닐까 하는 생각이 들었다. 어느 날 자주 교류하는 손님이 자신의 정원에 칠자화가 없다며 아쉬워하기에 "저 놈을 이번 가을에 데려가세요. 제일 못생긴 녀석이니 우리 정원에는 필요 없습니다."라고 말했었다. 그리고는 별 생각 없이 지내다가 가을이 되어 옮겨 주려고 하니 이미 말라 있었다.

그때는 다른 칠자화와 똑같은 환경에서 자라고 있음에도 그 나무만 고사한 이유를 몰랐는데 이제야 알게 된 것이다. 나의 악담에 상처받아 자학하며 생을 마감한 것일지도 모른다는 생각을 하니 미안하기도 하고 후회되기도 한다. 그때의 일을 떠올리니 문득 무서워지면서 소름이 돋았다. 식물도 사랑과 무관심의 차이를 정확히 구분해 냈던 것이다. 이젠 나무에게 험한 말을 건네거나 함부로 자르지 못할 것 같다.

식물학자들의 말에 따르면 식물의 심미적 진동을 사람이 본능적으로 느낀다고 한다. 사람과 오래 어울리다 보면 피곤해지곤 하는데 나무들과 있으면 편안하고 아늑한 상태가 되는 이유가 여기에 있다. 다 죽어 가는 꽃이나 나무들도 관심과 정성을 주는 주인을 만나면 시나브로 회복하는 경우가 많다. 이러하니 감정이 없는 생명체라 단언할 수 없을 것이다.

숲의 신비를 터득하고 살았던 아메리카 인디언들은 힘들고 지칠 때 숲으로 들어가 양팔을 벌리고 소나무에 등을 기대어 그 기운을 받아들였다고 한다. 꽃과 나무는 이렇게 인간들에게 유익한 에너지를 끝없이 발산해 주고 있는 존재다.

한문으로 '休'(쉴 휴)는 사람이 나무에 기대어 있는 형상이다. 옛사람들도 휴식하기 위해서는 나무숲이 필수적이라는 점을 알았던 것이다. 만약 내 곁에 꽃과 나무가 없었다면 참 고독했을지 모르겠다. 이들이 사계절 내내 곁을 지키며 말동무를 해 주고 있어서 심심하거나 외롭지 않다. 기분이 우울하거나 마음이 울적할 때도 꽃을 보고 나무 곁에 서면 저절로 밝아진다. 봄날 모란꽃은 비에 젖어도 웃고 있더라.

정원의 꽃이나 나무는 일회용이 아니다. 금방 쓰다가 버리는 물건으로 취급하지 말아야 한다. 나무는 세월이 오래오래 속에 배어 훌륭한 거목으로 성장하는 생명체다. 정원의 가족으로 입양했으면 그 뿌리를 사방으로 펼쳐 울창한 생을 살 수 있도록 보호해야 할 의무가 있다. 마음에 들지 않는다 하여 마구 캐 버리거나 잘라 학대하지 않는 것. 그것이 식물과 진정으로 교감하는 일이며 생명에 대한 예경일 것이다.

행복하신가요?

새벽에 일어나 호미 들고 정원을 가꾸었다. 흐르는 땀을 연신 닦으며 풀을 메고 주변 정리하는 일을 하고 있으면 시간이 후딱 지나간다. 주인의 손길이 부지런할수록 손님들의 눈이 즐거워진다는 말이 있다. 날씨가 덥다고 물러앉아 있으면 여름날의 정원은 어느새 풀 천지가 된다. 정원 가꾸기의 비결은 다른 게 없다. 시시때때로 호미질을 해 주는 것이 가장 중요하다. 다시 말해 꽃을 심는 일보다 풀을 관리하는 일이 정원 손질의 최우선 과제이다. 아무리 청초한 꽃이 흐드러지게 피었다 하더라도 풀 더미 속에 있으면 시선을 끌지 못한다.

오늘은 코스모스를 줄지어 심어 놓은 화단 주변을 정리했다.

손 봐 준 지 보름도 채 되지 않은 것 같은데 비가 몇 차례 내리더니 그새 풀이 듬성듬성 번져 있었다. 이럴 때 잔풀을 솎아 주면 질서가 잡힌 듯 정갈해진다. 누가 나에게 가장 행복한 때가 언제냐고 물으면, 풀 뽑기를 끝낸 맑은 정원을 바라보고 있을 때라고 대답한다. 그만큼 잘 정비된 정원은 우리를 평화롭게 한다.

우리 정원에는 지금 메리골드와 봉선화가 한창이다. 올봄에 씨를 뿌리고 지켜보았더니 이제야 기다림에 보답하는 것이다. 여름에 이 꽃들이 없었다면 우리 정원은 보여줄 게 없을 뻔했다. 때를 맞추어 피는 꽃이 있어서 일상의 둘레가 더 행복해진다. 그래서 꽃이 주는 위로와 격려는 그 어떤 가르침보다 울림이 크다.

> 호미 들고 꽃 속에 들어가
> 김을 매다가 저물 무렵 돌아오네.
> 맑은 샘물에 발 씻고 나니
> 눈 맑아지고 숲속의 삶이 더 새롭다.

조선의 선비 강희맹이 노래한 글이다. 정원과 함께하는 기쁨은 고금의 차이가 없을 것이다. 더 무엇을 바라고 구하겠는가.

이 정도면 만족한 삶이겠다. 나 또한 땀 흘리며 김매다가 흐르는 물에 장화 씻고 세수하고 나면 하루 일을 다 끝낸 것처럼 뿌듯하고 보람차다. 이런 소소한 재미를 모르면 정원 일은 노동일 뿐 개인의 취미로 승화될 수 없을 것이다. 어쨌거나 게으름 피우지 않고 몸을 움직여 일을 했으니 오늘 밥값은 한 셈이다.

"행복하신가요?"

"행복합니다."

"왜 행복한가요?"

"만족할 줄 알기 때문입니다."

티베트에 전해지는 행복 문답이다. 행복의 비결은 그다지 거창하지 않은 것 같다. 결국 행복의 척도는 만족과 불만족에 있다. 행복의 지도는 스스로 선택하고 읽어 내야 한다. 누구나 자기 자리에서 만족할 수 있다면 행복 버스에 탑승할 수 있다. 그렇지만 불만족한 마음은 삶을 짜증스럽게 하고, 불안한 행로로 이끌어 갈 가능성이 높다.

에릭 와이너가 쓴 『행복의 지도』에 소개된 작은 나라 부탄은 오가는 비행기도 겨우 몇 대뿐이고 사거리에 신호등도 없지만 국민 행복 지수는 상위권이다. 국왕은 경제 지표보다 행복

지표를 더 존중한다. 도시의 발달과 개인 소득의 증가가 반드시 행복으로 이어지는 것은 아니라는 점을 보여 주는 사례다.

인디언 부족 사이에 다음과 같은 잠언이 있다.

마지막 한 그루 나무가 잘려 나가고

마지막 강물이 오염되고

마지막 물고기가 잡히고 나서야

사람들은 비로소 깨닫게 되리라

돈을 먹고 살 수 없다는 것을

세상에서 가장 놀라운 것이 사람이란다. 돈을 벌기 위해 플라스틱을 만들어 내고, 나중에는 그렇게 번 돈을 다시 플라스틱 처리하는 일에 사용한다는 것이다. 환경 오염의 핵심 원인은 욕심에 있을 것이다. 먼 훗날 자원이 다 고갈되고 나면 돈의 효용 가치는 없다.

돈이 성공과 행복의 기준이 아니라는 사실을 받아들이는 것이 가장 중요하다. 불교는 청빈과 무소유를 강요하는 것이 아니라 만족과 감사를 가르친다. 재물이나 명예 외에도 행복의 요소는 여러 가지다. 그것을 발견할 수 있으면 삶의 의미와 목적은 보다 다양해질 수 있을 것이다. 다른 건 몰라도 인생의 종착

역은 명예나 부가 아니라 한 평 묘지라는 것을 명심해야 한다.

아주 오래된 질문을 다시 던져 본다. 여러분들은 지금, 무엇 때문에 행복하신가요?

가을

꽃이 그냥 피지 않는다

秋

멈추고

감상하라

처서處暑가 지나더니 바람결이 달라졌다. 벌써 햇살도 온순해지고 아침저녁으로 시원한 기운이 느껴진다. 맹렬했던 폭염도 절기 앞에서 스르르 물러가는 걸 보며 계절의 순리를 실감한다. 무엇이든 때가 되면 사라지기 마련이다.

지난여름 무엇을 하며 지냈나 생각해 보니 대부분의 시간을 정원 일로 보낸 것 같다. 비 오는 날을 제외하고 하루라도 호미를 놓고 지낸 적이 없다. 새벽에 일어나 풀 매고, 잔디 자르고, 예초기 돌리는 일을 수없이 반복했다. 매번 풀 매는 이야기를 되풀이하게 되는데, 이런 푸념은 몇 날 며칠을 계속해도 될 만큼 이야기 보따리가 많아서 그렇다.

자신의 정원을 자랑할 때 빼놓을 수 없는 게 풀 이야기일 것이다. 정원사라면 누구나 겪는 과정이기 때문이다. 정원 관리의 비결은 잡풀을 얼마나 잘 잡아 주느냐에 달린 것이기도 하다. 삼십여 년 동안 정원지기를 하고 있는 부부가 '풀 잡으며 보낸 세월'이라 하면서 손을 보여 주었다. 그들의 손가락은 마디마디마다 관절염이 와서 꼬부라져 있었다. 이렇게 정성과 손길이 받쳐 주지 않고서는 아름다운 정원이 될 수 없다.

내 손에 뽑혀 사라진 수 천 포기의 풀들이 단체 소송을 걸어 올지 모르겠다. 풀씨가 날리기 전에 뽑고 잘라 버렸으니 나를 원망했을 것이다. 그러나 어쩌랴. 꽃자리가 뿌리를 내리려면 손을 봐 줄 수밖에 없다. 이른 봄에 꽃이 피기 시작하면 기쁨도 있지만 가슴 한쪽이 철렁 내려앉는다. 꽃과 함께 풀도 활동을 시작하기 때문이다. 그때부터 호미는 정원지기의 가장 가까운 도구가 되는 셈이다.

올해도 그렇게 풀과의 숨바꼭질이 시작되었다. 여기를 정리하고 돌아서면 저기에 자라고, 이 풀을 뽑고 나면 저 풀이 고개를 내밀고…. 다양한 종류의 풀들이 어찌나 많은지 때맞추어 풀씨가 자란다. 며칠 호미를 놓았다가 밭에 내려가면 그 세력과 속도에 놀라고 만다. 그래서 매일 조금씩이라도 풀을 매야 강하게 번져 나가는 속성을 제어할 수 있다.

어릴 때 어머님이 밭일하며 "요 밥풀 때기만 한 것이 소똥만큼 커지는 기라." 하고 자주 말씀하셨던 기억이 난다. 여름풀을 그냥 놓아두면 소똥이 아니라 사람 키보다 더 높이 자라나며, 넝쿨이 나무를 휘감아 밀림을 만들기도 한다. 이렇게 풀의 번식력은 상상 초월이다. 어쩌다 방문하는 분들은 그런 상황을 대면하지 못하니 절 마당은 본래 풀이 자라지 않는 것으로 여기기도 할 것이다.

여름풀이 얼마나 무성하게 자라나면 '풀 스테이'를 만들었을까. 여기 절에 머무는 손님들에겐 풀 작업에 참여하는 것을 의무화하고 있다. 그것으로 밥값을 대신하란 뜻이다. 어느 정도 소문이 났는지 올해는 멀리 마산이나 구미에서 오신 분들이 여러 날 머물며 몇 차례 정원 손질을 도와주고 갔다. 아무리 날고 기어도 혼자의 힘으로는 이 넓은 정원을 티끌 하나 없이 만들 수 없다. 모두가 도와주는 분들의 숨은 공력 덕분이다.

어떤 할머니가 여름날의 잔디 마당을 보며 "인절미를 굴려도 흙 한 톨 안 묻겠다." 하여 웃었더랬다. 그 표현이 재치 있기도 했지만 매일의 노고를 알아주었기 때문이다. 잔디 마당을 소유하고 있는 이들은 그 관리가 얼마나 촘촘해야 하는지 알 것이다. 하지만 잔디를 일정하게 잘라 주고 난 뒤의 그 맑은 표정은 방문자들에게 고요와 평화를 선물한다. 나 역시 그러한 뜰에 앉아 있으면 힘들었던 수고를 보상받는 기분이 된다.

그저께는 잔디 사이사이에 흙밥을 채워 주고 비료도 살짝 뿌려 주었다. 무슨 일이건 노력 없이는 대가도 따르지 않는 법이다. 정원 일도 수없는 손길이 반복되어야 아름답고 풍성하다. 따질 것도 없이, 정원은 우리 인간에게 안정감을 주는 가장 이상적인 공간이다. 어느 연구에 따르면 골목마다 나무 열 그루만 더 있어도 소득이 일만 달러 늘어나는 것과 비슷한 수준으로 정신적 스트레스가 감소한다고 한다. 또한 정원과 녹지가 있는 건물에서는 범죄율이 떨어진다는 보고도 있다. 그러므로 흙과 가까이 하는 것은 위로와 치유의 시간을 선사하는 일이기도 하다.

행복의 비밀 열쇠는 자신이 좋아하는 일을 땀 흘리며 즐길 때 지닐 수 있다. 그런 일을 통해 스스로 무심해지고 기쁨이 충만해지기 때문이다. 꽃과 나무를 가꾸며 지인들에게 전하는 행복 열쇠는 세 가지다.

첫째, 비교하지 말고 감사하라

둘째, 멈추고 감상하라

셋째, 내 몸을 사랑하라

내 삶과 다른 이의 삶을 비교하면 감사의 마음이 생겨날 수 없다. 그리고 잠시 삶의 속도를 멈추고 주변을 감상할 때 세상은 더 소중해지며, 더불어 인생의 여정을 열심히 걸어온 육신에게도 격려와 칭찬을 아끼지 말아야 건강한 인생이 될 수 있을 것이다.

풀만 무성하고
싹은 드물더라

오늘 아침은 가을 소식이 가까이 느껴진다. 한결 부드러워진 바람도 좋고, 엷어진 햇살도 싫지 않다. 부쩍 높아진 가을 하늘은 구름 한 점 없이 맑은데, 며칠 전부터 고추잠자리가 낮게 날고 있어서 반갑다. 이러하므로 그 어느 때보다 밖에서 서성이는 시간이 많아졌다.

긴 장마와 잦은 태풍으로 어수선한 시국임에도 가을은 성큼 걸어왔다. 한여름의 폭염이 가을에게 자리를 내어 주듯 그 어떤 일도 순리를 역행할 수는 없다. 세월에 기대어 참고 기다리면 지금의 어려움도 언젠가는 지나갈 것이다.

어제부터 내 눈길은 꽃무릇 가득한 화단에 머물러 있다. 오늘은 그 주변을 정리하는 일로 반나절을 보냈다. 화사한 꽃무릇 사이로 풀이 자라 있으면 볼썽사납다. 꽃 사이사이의 잡풀을 매 주었더니 색이 더 선명하다. 내일 쯤 국화밭만 손질해 주면 머리 무겁게 하던 풀과의 싸움도 끝이다. 올봄에 시작된 호미질이 이제야 서서히 마무리되어 간다.

올해는 감염병이 확산되는 바람에 손님들의 방문도 뜸하고, 멀리 외출할 일도 없어서 작정하고 정원 일에 매진할 수 있었다. 오랜만에 두문불출하고 꽃과 나무 가꾸는 일로 일상을 보내니 푸석푸석하던 마음에도 새삼 물기가 돌고 윤택해지더라. 역시 세상이 어지러울수록 위로를 주는 대상은 숲과 나무이다. 결국 인간이 기대고 의지해야 할 곳은 자연일 것이다.

여름 내내 풀 매고 있는 나에게 노老 불자님이 "스님은 풀 뽑다가 세월 다 보내네요."라고 말하여 함께 웃었다. 하긴 이 일도 십 년 이상 하고 있으니 풀과 씨름하며 늙어 간다는 표현도 틀린 말은 아니다. 나중에 더 나이 먹어 움직이기 힘들어지면 손 놓고 바라만 봐야 하니 어쩌면 지금이 좋은 때인지도 모르겠다. 누가 뭐래도 꽃을 가꾸는 이 일이 주는 기쁨이 크다. 내 입장에서는 힘겨운 노동이 아니라 정원과 함께 즐거운 놀이를 하고 있는 셈이다.

어느 할머니가 "왜놈들은 몰아내도 내 밭의 풀은 못 쫓아낸다."고 하더니 정확한 말씀이다. 무엇보다 올여름은 지루한 장마가 계속돼 사방이 온통 풀 천지였다. 더군다나 새로 일구는 은행나무 근처 넓은 밭의 잡풀이 성가시게 나를 괴롭혔다. 오이와 가지 등 작물은 풀에 포위되어 발육이 엉망이고 그 주위는 이미 풀이 점령한 상태다. 예상은 했으나 농사는 결코 만만한 게 아니었다.

> 앞산 기슭에 콩을 심었는데
> 풀만 무성하고 싹은 드물어
> 동이 트기 전에 밭에 나가 김을 매다가
> 새벽달과 함께 돌아오다.

도연명의 「귀원전거歸園田居」에 나오는 글이다. 잡초는 예나 지금이나 무성했을 것이다. 농부는 밭둑에 금세 자라는 풀 때문에 깜짝깜짝 놀란다. 이럴 땐 체면 불구하고 두 팔 걷어 나설 수밖에 없다. 콩밭에서 새벽이슬 맞으며 김매기를 하고 새벽달 등지고 돌아오는 고인의 모습을 상상해 본다.

도연명과 관련하여 '경전서후耕田鋤後'라는 사자성어가 전한다. 앞에서 밭을 갈고 뒤에서 김을 맨다는 뜻이다. 부부가 함께 전원생활을 하며 남편은 쟁기질로 앞서 나가고, 뒤이어 부인이 호미로 김을 매며 일하는 평화로운 풍경이 함축되어 있다. 이 정도의 부부 사이라면 그 어떤 농사도 힘들지 않을 것 같다.

당나라 중기 때를 살았던, 이신의 문장을 보다가 삶의 교훈을 거듭 배울 수 있었다. 그는 「김을 매다」라는 시를 남겼는데 소개하면 이렇다.

> 호미질에 어느새 해는 중천에 떠 있고
> 굵은 땀방울은 논벼를 적시네.
> 누가 알랴, 자신들이 먹는 식량에
> 알알마다 모두 땀방울 배어 있는 것을.

어찌 노고와 정성 없이 곡식 한 톨이 알차게 영글 수 있겠는가. 농사는 땀방울의 결과라는 것을 읽으며 새삼 농사 짓는 분들의 수고를 돌아보게 되었다. 우리가 먹는 밥 한 그릇과 과일 한 쪽에도 수천 번의 손길과 땀이 배어 있을 것이다. 가을은 그 은혜와 기쁨을 우리에게 가르쳐 주기 위해 존재하는 계절일지도 모른다.

삶의 무게가 가벼워지는 가을이 되길.

가을은

그냥 오지 않는다

어젯밤에 소쩍새 소리를 들었다. 계절이 바뀌고 처음 만나는 음성이라 더 반가웠다. 숲에서 소쩍새가 울 즈음이면 가을이 익어 간다는 말이 있다. 달빛 은은한 밤 소쩍새 소리에 귀 기울이니 가을이 성큼 다가와 있음을 실감하였다. 으스름한 저녁에는 벌써 기운이 차고 쓸쓸하여 긴 옷을 입고 마당을 서성이게 된다. 모기도 없고 덥지도 않아서 달빛 아래 어슬렁거리기엔 적격이다. 그야말로 모자랄 것도, 더할 것도 없는 딱 좋은 때.

요즘 나의 즐거움은 노을을 바라보는 일이다. 며칠 째 노을이 얼마나 아름답게 연출되는지 그 시간이 되면 황홀경에 빠진다. 흐드러지게 핀 코스모스 밭을 배경으로 펼쳐지는 장엄한 낙조는 가히 환상적이다. 이렇게 신비로운 일몰 장면은 아주 오랜만이다. 그 어떤 솜씨도 이러한 작품을 창작할 수는 없을 것이다. 새삼 자연이 주는 선물에 감사하게 된다.

노을 지는 시간이 다가오면 의자에 기대어 그 풍경을 즐긴다. 그저께는 혼자 보기 아쉬워서 가까이 사는 뒷 절 스님을 불렀다. 그이도 자신의 암자 노을에 매료되었다 오는 길이라 했다. 하긴 나도 그 암자에서 황혼을 감상한 적이 몇 번 있었으니 이래저래 품앗이를 하고 있는 셈이다. 그 스님과 나는 노을이 사라지고 별이 돋을 때까지 자리를 지켰다.

누구에게나 가을 행복이 곁에 있을 것이다. 다만 그것을 알아채지 못하거나 찾지 않을 뿐이다. '순간순간의 행복을 찾는 사람이 삶을 풍요롭게 한다'는 글을 읽었다. 그러기 위해서는 훈련이 되어 있어야 한다. 즉 같은 것을 보고 얼마만큼 감상할 수 있느냐에 따라 삶의 풍요와 빈곤이 나뉜다. 결국 삶의 풍요는 감상의 폭에 따라 결정된다 할 수 있다.

무더위가 한창일 때 전라도 지방을 다녀왔다. 일행 중 유독 구름에 관심이 많은 이가 있어서 그날은 하늘을 오래 올려다보게 되었다. 방향에 따라, 위치에 따라 구름 모양이 전혀 다르게 보였다. 구름이 펼치는 흥미로운 쇼를 보며 구름 이야기만 하다가 귀가했는데도 그 시간이 지루하거나 무료하지 않았다. 감상

의 폭을 달리했기 때문에 그런 행복의 시간이 주어진 것이다. 여러분들도 바쁜 걸음을 멈추고 잠시 감상하는 시간을 가져 보라. 가을의 행복을 발견할 수 있을 것이다. 천천히 감상할 때 감동하게 되고, 감동할 때 감사의 마음이 주어지기 때문이다.

최근에 열흘 이상 작업을 못하고 쉬었다. 울타리 가지치기를 하다가 기계에 다쳐 한동안 병원 치료를 다녔다. 이번 기회에 '억지로라도 쉬어 가라'는 가르침을 떠올리고 다독이며 휴식하는 계기로 삼았다. 인생길 어느 시점에는 쉼표를 두어야 삶이 지치거나 버겁지 않은 법이다. 어차피 상처는 세월 속에 아물게 되어 있다. 다만 그 상처와 아픔을 통해 어떤 교훈을 배울 수 있다면 그 사건은 값진 것이다. 걸려 넘어지면 걸림돌이지만, 그것을 딛고 일어서면 디딤돌이 아니던가. 그러므로 세상일을 통해 삶의 진리에 순응하는 법을 익힐 것.

그새 여기저기 구절초가 청초하게 피었다. 몸이 불편한 일을 겪으며 생각한 바가 있어서, 글귀 하나를 인쇄하여 꽃길에 설치했다.

"바람을 이겨 내면 그대도 꽃필 거예요. 花이팅!"

가을꽃이 그냥 피지 않는다. 여름날의 강한 바람을 이겨 내었기에 자신의 비밀을 조금씩 풀어낼 수 있는 것이다. 어떤 꽃이든 시련과 고난의 시간이 있었다. 한 송이 꽃은 폭염과 태풍을 받아들이고 묵묵히 자리를 지킨 결과다. 결코 흔들리지 않고 피는 꽃은 없다.

위의 글귀를 정원에 세워 놓은 뜻도 여기에 있다. 삶의 무게로 고민하는 일상도 어디까지나 지나가는 바람일 것이다. 이런 바람을 이겨 내면 우리 모두는 더 단단해지고 새로운 길을 만나게 되리라 믿는다. 그 어떤 상황에서도 찬란한 꽃을 피워라! 가을 길목에서 이웃에게 전하고 싶은 응원의 메시지다.

며칠 안에 국화가 사방에서 꽃망울을 터트릴 태세다. 특히 봄부터 가꾸며 돌봐 온 국화밭이 풍성해졌다. 올해 가을 축제를 위해 여태껏 땀 흘리며 가꾸었다. 여름날에도 쉼 없이 풀매고 거름을 주며 정성을 들인 곳이다. 이러하므로 우리 국화밭의 가을은 그냥 오지 않았다. 지난날의 노력과 관심으로 가을이 방문하는 것이다. 덕분에 그 어느 때보다 가을 정원이 알차고 풍요롭다.

행복의 꽃씨를

심어라

미적미적 때를 미루다가 오늘은 가을볕이 좋아 봉선화 꽃대를 잘랐다. 올봄에 그 씨를 한 움큼씩 이곳저곳에 뿌렸더니 놀라울 정도로 무리지어 피었다. 나는 무심코 씨를 묻었는데 일부러 기술을 부린 듯 알록달록한 색깔로 조화를 이루어 여름 내내 방문자를 즐겁게 해 준 꽃이었다. 꽃이 일찍 져도 씨가 맺힐 때까지 기다렸다가 잘라 줘야 하는데 자칫 때를 지나치면 찬 서리에 꽃대가 녹아 지저분해지기 때문에 그 일을 오늘 한 것이다.

손을 댈 때마다 씨주머니가 톡톡 터졌다. 씨앗 터지는 그 소리가 신기하여 낫으로 베어 주기 전에 손으로 건드리며 장난

152

을 쳤다. 일부는 따로 씨를 받아 놓고 나머지는 그 자리에 떨어지도록 두었다. 내년엔 그 주변이 봉선화 꽃으로 장식될지도 모를 일이다. 꽃씨는 바람에 날리기도 하고, 사람 손에 옮겨지기도 하면서 세상을 아름답게 만드는 것 같다.

어떤 병사가 전쟁에 나갈 때 코스모스 씨를 지니고 갔다고 한다. 그 병사가 전사한 자리에 코스모스가 피어 가을바람에 향기를 날렸다는 일화를 읽은 적 있다. 사람은 이 세상에 없어도 꽃씨는 남아 전쟁의 상처를 위로해 준 것이다. 포화 속 방공호에 핀 어린 채송화를 보며 아들의 주검을 찾던 어머니의 울음이 멈추었다는 이야기도 있다. 어느 병사가 채송화 씨앗을 품고 세상을 떠난 것일까. 아마 어머니는 꽃을 통해 절망 중에 희망을 보았을 것이다. 이것이 꽃씨가 가진 거룩한 힘이다.

새로 문을 연 가게가 있었다. 그곳의 주인은 사람이 아니라 신神이었다.

어느 여인이 가게에 들러 주인에게 물었다.

"이 가게는 무엇을 팝니까?"

주인이 빙그레 웃으면서 대답했다.

"당신이 원하는 것이면 무엇이든 말하십시오."

이 대답에 놀라 상기된 여인은 행복을 구입하기로 마음먹었다.

"평화와 사랑을 가져다 주는 행복의 열매를 사겠습니다."

주인은 다시 미소 지으며 대답했다.

"미안하지만, 이 가게에 열매는 없습니다. 오직 씨앗만을 팝니다."

씨앗을 심지 않고 어찌 열매를 거두겠는가. 씨를 심지 않고서는 행복의 열매도 없다. 지금 내가 누리는 행복은 사소한 일상들이 씨앗이 되어 만들어진 열매이다. 행복해지려면 마음의 정원에 행복의 씨앗을 뿌려라. 행복의 씨앗은 연민, 봉사, 인내, 희생, 노력, 열정, 친절, 나눔, 감사, 만족 이런 것일 테다.

서울에 사는 지인은 동네를 다니며 꽃씨를 받아 이웃에게 나누는 일을 하고 있다. 그러다가 남은 씨앗은 주인 모를 빈터에 뿌려 주거나 비어 있는 정원에 묻어 두고 온다. 한번은 자신이 다니는 절담 아래에 분홍 낮달맞이꽃 씨앗을 남몰래 뿌렸는데 그해 여름 꽃이 활짝 피었단다. 영문 모르는 사람들은 의아해 했다지만 그것은 그 혼자만 즐기는 비밀한 선행이었다. 그 씨앗은 해마다 번져 지금은 무리를 이루어 피고진다 했다. 꽃씨는 이렇게 아름다운 마음씨에 의해 골목골목으로 퍼져 나간다.

꽃씨가 그냥 꽃씨일까. 사랑과 평화와 자비의 꽃씨일 것이다.

꽃씨가 사람과 사람에게 전해지면 세상은 온통 축복의 꽃밭이 된다. 우리 절 봉선화도 이분이 두고 간 선물이었다.

꽃그늘 아래서

일생이 다 갈 것 같다

이틀 동안 코스모스와 봉선화 꽃대를 잘라 주었다. 이곳저곳 군락으로 심었더니 베고 정리하는 데도 일손이 많이 필요했다. 우리 정원에 이 꽃들이 있어서 아주 행복했었다. 가을 하늘 아래 나에게 기쁨을 주었던 꽃들이다.

꽃이 지고 말라 버린 꽃대를 정리해 주는 것도 정원 관리의 기본이다. 그냥 두면 지저분하기도 하거니와 다음 차례를 기다리는 꽃들에 대한 예의가 아니기 때문이다. 지는 꽃과 피는 꽃이 함께 있으면 새로 피어나는 꽃이 돋보이지 않는다. 그래서 지는 꽃이 다음 꽃에게 그 자리를 양보하는 의식이 필요하다.

그렇다고 지는 꽃이 억울할 일은 아니다. 자신도 때를 만나

화려하게 꽃 피웠으니 후회도 원망도 없을 것이다. 이번에 잘라 낸 코스모스와 봉선화도 한껏 매력을 뽐내던 날이 있었다. 열흘 붉은 꽃이 어디 있으랴. 그들은 열정적으로 피었다 지는 생이 무엇인지 보여 주었다. 우리의 인생도 그 한때를 열심히 살아가는 일이 더 소중할 것이다.

코스모스와 봉선화 씨앗을 따로 받았으니 이제 내년 봄을 기다리면 될 것이다. 손을 댄 김에 부용화, 도라지, 메리골드 등 필요한 꽃씨를 더 모아 두었다. 지난주에는 옆 동네를 들렀다가 우리 정원에 없는 꽃씨가 있어서 주인에게 허락을 구하고 몇 개 따 왔다. 서울의 손님이 다녀가면서 금화규와 접시꽃 씨앗을 선물로 주고 갔는데, 그 어떤 물건보다 귀하게 보관하고 있다. 지난해에도 키 작은 코스모스 씨앗을 두고 간 덕에 가을 눈 호강을 맘껏 누렸다.

우리 정원의 다음 순서는 국화다. 이미 여기저기 국화가 만개했지만 아직 절정은 아니다. 밭둑에 심어 놓은 국화가 신비한 모습을 활짝 드러내면 온통 국화 도량이 될 것 같다. 올해는 국화를 조금 늦게 피게 할 요량으로 순지르기를 여러 번 해 주었다. 그래야 한꺼번에 피었다 지지 않는다. 어떤 꽃이든 차례차례 시간을 두고 피어야 더 아름답다. 무엇보다 올봄부터 정성들여 가꾸어 온 동국 품종이 기다려진다. 노란 꽃망울이 알알이 맺혀 있는데 볼 때마다 마음이 설렌다.

> 이 꽃그늘 아래서
> 내 일생이 다 지나갈 것 같다
> 기다리면서 서성거리면서
> 아니, 이미 다 지나갔을지도 모른다

　나희덕 작가의 「오 분간」이라는 시이다. 정원을 가진 이들이라면, 저 시인의 표현에 깊이 공감할 것이다. 정원 일이라는 것이 모종을 심고 꽃 피기를 기다리다가 그 꽃이 지고 나면 또 다음 꽃을 기다리며 뜰을 서성이는 과정의 반복이기 때문이다. 정말 꽃그늘 아래에서 세월이 다 지나갔다. 나의 하루를 헤아려 보아도 꽃과 가까이 지내는 시간이 더 많았다. 봄부터 가을까지는 정원 돌보는 일에 집중하느라 외출도 맘 놓고 못하는 형편이 된다.

　헤르만 헤세는 평생 정원 가꾸기를 즐겼던 인물로 잘 알려져 있다. 그는 거주지를 옮길 때마다 정원을 만들고 다듬었다. 정원은 그에게 영혼의 평화를 지키는 거룩한 장소였을 것이다. 장미꽃이 만발할 즈음 이탈리아 피렌체로 초청을 받았다고 한다. 그는 "정원 일에 매달린 사람이 어찌 이곳을 떠나 있겠습니까? 도처에 잡초가 자랍니다. 게다가 달리아를 심고 콩과 오이를 파 내고 그 자리에 당근 씨를 뿌려야 하니까요."라며 거절했다고 한다.

정원을 가까이하다 보면 이런저런 일로 먼길을 떠나지 못하게 된다. 다른 이들에겐 하찮은 이유일지 모르나 정원사들에겐 중요한 이유가 되기 때문이다. 달리 표현하면, 정원 일보다 더 흥미 있는 대상이 없다는 뜻이기도 하다.

헤르만 헤세의 『정원 일의 즐거움』을 읽다가 오래 기억하고 싶은 글귀를 메모해 놓았는데 한 줄 소개하면 이런 것이다.

> "정원을 꾸리면서 느끼는 창조의 기쁨과 창조자로서의 우월감이 그것이다. 사람들은 한 뙈기 땅을 자신의 생각과 의지대로 바꾸어 놓는다. 여름을 기대하며 자신이 좋아하는 과일과 색과 향기를 창조해 낼 수 있다. 작은 꽃밭, 몇 평 안 되는 땅을 갖가지 색채의 물결이 넘쳐나는 천국의 작은 정원으로 만들 수 있는 것이다."

그는 편지 쓰는 일을 제외하고, 다른 글쓰기는 저녁 시간에 하고 싶어 했다. 그만큼 정원에서 보내는 시간을 좋아했다는 것인데, 말년에는 거의 모든 시간을 정원에서 보냈을 정도다.

헤세는 정원에서 쉬고 관찰하며 인생에 대해 깊이 사색했던 셈이다. 흙, 꽃, 풀, 채소, 나무 등 자연이 가르쳐 주는 교훈을 삶으로 수용할 수 있다면 따로 경전을 읽을 필요도 없을 것이다. 자연보다 더 위대한 교사는 없기 때문이다.

누가 뭐래도 정원 가꾸기의 비법은 '즐길 줄 아는 마음'이다. 즐기면서 하는 것 외에 다른 답은 없다. 누가 시켜서 하는 일이라면 이렇게 열심히 전념하지 못할 것이다. 그러므로 취미 삼아 즐길 때 생활의 활력으로 승화할 수 있다. 그날그날 조금씩 미루지 않고 일을 해야 지치지도 않고 격한 노동이 되지도 않는다. 그래야 그 일이 즐거움이 될 수 있으며 그런 과정을 통해 삶의 충만함을 배울 수 있는 것이다.

언제나 우리에게는

정원이 있다

여기저기 피어난 탐스러운 국화꽃이 깊어 가는 가을을 알리고 있다. 올봄 저 멀리 영덕에서 식용 국화를 들여올 때 그곳 주인장이 일본에서 개량한 품종을 몇 개 선물로 주었는데 며칠 안으로 그 꽃이 필 듯하다. 어떤 종류의 꽃이건 새로운 친구와의 만남은 늘 기대되는 일이다. 어떤 얼굴로 인사할지 자못 궁금하다.

　가을볕이 화사한 이런 날은 종일 꽃 주변을 서성이고 싶지만 우선 미루어 두었던 일부터 오전 중에 서둘러 끝내야 했다. 오후에는 약속하지 않은 손님들이 방문하는 경우가 많아서 무슨 일이든 아침에 마무리하는 것이 편하다. 작업 중에 손님

맞이를 하고 나면 그 시간만큼 일은 미루어지기 마련이다. 그래서 가끔은 하루에 끝낼 일이 다음날까지 이어지기도 한다.

당대唐代의 시인 소동파는 손님이 찾아오면 '축객향逐客香'을 피웠다는 일화가 전해진다. 정담을 나누다가도 그 향이 다 타고 나면 "이제 가실 때가 되었습니다." 하며 정중하게 손님을 배웅했다. 이른바 손님에게 일어날 때를 알려 주는 알람 역할을 한 셈이다. 손님은 향 하나가 탈 동안만 머물다 가면 되니 서로를 방해하지 않는 적당한 시간이었을 것이다. 만약 연이어 향을 피웠다면 '유객향留客香'의 의미였으므로 조금 더 머물러도 되었으리라.

오늘 오전에 서둘러 끝낸 일이 무엇이었냐면 느릅나무 아래를 돌무더기로 멋을 낸 일이다. 밑동 둘레로 크고 작은 자연석을 옮겨 놓은 것뿐인데 정원의 품격이 달라졌다. 가까운 카페 정원을 들렀다가 그곳에서 배워 온 재주를 오늘 실행해 본 것이다. 내가 보고 느낀 것을 나의 정원에 직접 활용해 보는 것도 원예의 기쁨이다.

모방을 할 때, 당신 안에 진짜를 가지고 있다면
당신이 만든 모방은 진짜가 될 것이다.

명대明代의 정원사 계성이 그의 저서 『원야園冶』에 남긴 글로, 정원 디자인의 모범으로 삼을 만하다. 과거와 단절된 지혜는 결코 없다. 그러므로 옛사람의 안목을 빌려 자신의 세계를 창조할 때 그 기술은 비로소 빛난다. 자신 안에 열정과 도전이 있다면 그것은 모방을 넘어 자신의 독창적 작품이 될 수 있다. 즉, 옛사람들의 정원 철학과 자신의 감성이 조화를 이루도록 설계해야 한다는 뜻이다.

나는 한때 사찰 정원의 백미라 할 수 있는 교토 료안지龍安寺의 석정石庭에 감명받아 이곳에도 똑같이 만들어보고 싶은 욕심이 있었다. 그러나 건축과 기후 등 여러 가지 조건들이 선행되어야 하는 일이라 실행하지 못했다. 역사를 지닌 정원의 풍경을 똑같이 옮겨온들 그 느낌을 살릴 수는 없을 것이다. 중요한 것은 그 정신과 기술을 재해석하는 일이 아닐까 싶다.

어쩌면 정원 디자인에도 법고창신法古創新의 개념이 필요할지 모른다. 교토의 사찰 정원이 강조하는 주제만 차용하여 우리 정원에 응용한 부분들이 있다. 낙엽 한 장 없이 정갈한 모습을 유지하는 것이라든지, 정원 소품을 줄이고 공간을 비워 두는 것, 군데군데의 석간수 등이 그 예다. 이렇듯 정원을 감상할 때에는 눈으로만 보는 것으로 그치지 않고 주인의 의도를 읽으며 관찰하면 더 흥미로운 시간을 보낼 수 있다.

중국과 일본의 정원 문화는 세계적으로 많이 알려졌지만 한국의 정원은 아직 그에 미치지 못하는 것 같다. 왕실 정원이나 별서別墅 정원 등 우리 원림園林의 특징과 미학은 화려하지 않고, 눈에 크게 띄지 않는 조용한 은자의 공간이라는 점에 있다. 국제정원박람회에 한국의 전통 정자와 누각이 꽃밭과 함께 소개되어 관심을 받았다고 들었다. 지금, 다양한 한류가 세계인들의 감성을 자극하듯 정원도 그 대열에 곧 합류하는 때가 올 것이라 믿는다.

　며칠 동안 김종길 작가의 『한국 정원 기행』을 재미나게 읽으며 우리 정원의 묘미를 차근차근 이해하게 되었다. 그는 일본, 중국, 우리나라 정원의 차이를 연인에 빗대어 이렇게 설명했다.

　'일본 정원은 첫눈에 반하나 금세 질리게 되고, 중국 정원은 첫 인상이 서글서글한데 왠지 마음 두기가 쉽지 않고, 한국 정원은 처음엔 서먹하나 점점 매력에 빠져들게 된다.'

　백 퍼센트 동의할 수는 없지만 적절한 비유 같다. 확실히 한국의 정원은 오래 두고 보아도 싫증 나거나 물리지 않는 부분이 있다. 그러나 어떤 식의 정원이든 무슨 상관이겠는가. 일상에서 꽃과 가까이하며 거닐 수 있으면 그 자체로 휴식과 기쁨이 되는 것을.

"세상이 지치고 사회가 만족스럽지 않을 때 언제나 우리에게는 정원이 있다."

정원사 미니 오몬니어의 말이다. 자신의 삶을 다독이고 위로할 수 있는 것이라면 어느 것이든 좋은 정원이다.

달빛에게

안부를 묻다

출가의 길을 걷고 있는 몇몇 벗들이 모여 모처럼 달구경을 했다. 마당에 자리를 잡고 달뜨기를 기다렸다. 잠시 뒤 뒷동산으로 두둥실 솟아오르는 보름달을 맞이하며 환호를 아끼지 않았다. 둥근 달이 법당 용마루에 닿을 듯 말 듯 가까이 내려앉은 정경은 가을밤의 수작秀作이 아닐 수 없었다. 청풍명월淸風明月이란 이를 두고 하는 말이리라.

달리 다른 조명이 필요 없었다. 달빛 아래에서 한가하고 의미 있는 시간을 보냈다. 다시 볼 수 없는 보름달. 보름달은 또 떠오르겠지만 오늘의 그 달은 아니니 반가우면서도 아쉽다. 그러니 매일 매일이 다른 밤 아니던가. 그 의미를 알기에 한참 동안 달빛을 무대 삼아 두런두런 이야기를 나누었다.

미국 로스앤젤레스에서 공부하고 있는 후배 스님이 "미국 달은 여기보다 더 커요!"라고 말했다. 정말 그런가 하며 궁금해하고 있는데 선배 스님이 "미제는 무엇이든 크다더니 달도 두 배인가 보다." 해서 웃고 말았다. 우리의 대화를 듣고 보름달도 재미있는지 미소 짓는 듯 교교했다.

이시환 시인이 「달밤」이라는 시에서 '웬일이다냐? 오늘따라 명월이 눈웃음을 다 치고 노송이 어쩔 줄을 모르네'라고 했다지. 그날의 장면이 그랬다. 그날 이후 며칠째 그 시간이 되면 밖으로 나가 달빛 구경을 하고 있다. 어제는 법당 오른쪽으로 달이 뜨더니 오늘 밤엔 법당 중앙으로 떠오른다.

후배 스님은 달빛 회동 후 미국으로 잘 갔을까. 그곳에서의 달과 이곳에서의 달이 다를 리 없건만 낯선 그곳과 이곳의 공간적 거리가 무엇이든 크게 느껴지게 했을 것이다. 달빛에게 이곳의 안부를 전했으니 그곳에서의 달빛이 쓸쓸하고 외롭지 않길 기도한다.

예로부터 달빛에 기대어 그리움을 달래는 시가 많지만 내가 좋아하는 것은 옛사람들의 한시다.

안부를 여쭙니다, 요즘 어떠신가요?

창문에 달빛 비치니 그리움 더욱 짙어집니다

꿈속에서 님을 만나려 내 영혼이 서성인 길에

발자취가 남아 있다면

문 앞 돌길은 이미 모래가 되었을 것입니다

조선 시대 여류 시인 이옥봉의 절창이다. 기막힌 그리움을 달빛에 담아 담담하게 술회하고 있다. 얼마나 그리워하며 기다렸으면 문 앞 섬돌이 다 닳아 모래가 되었을까. 그만큼 마당을 서성였다는 뜻이다. 이런 그리움이 어디에 있을까. 지금 세상은 금방 안부를 물을 수 있는데 그 시절은 서간을 보내도 하 세월이었을 것이다.

보고 싶다고 얼른 달려가 만나면 그 감정의 맛이 덜할 것이다. 묵히고 또 묵히고, 재우고 또 재우다가 꺼내는 감정이라야 더 절절하지 않겠는가. 달빛에 눈물 젖어 보지 않았다면 간절한 사랑이라 할 수 없다. 옛사람들은 한 번 만나는 일도 어렵고 교통이나 통신이 불편했으니 기다림의 깊이가 지금과도 달랐을 것이다. 그래서 여인들의 심사가 더 와 닿는다.

부귀니 공명이니 그만두어요

산 있고 물 맑은 곳 맘껏 노닐어요

초가 한 칸 집이라도 님과 함께 누워

가을바람 밝은 달과 오래 살고파요

조선 시대 전주 기생으로 알려진 조운의 편지다. 그 대상이 누구인지 밝히지 않아도 평범한 연정이 아니라는 것을 짐작할 수 있다. 전주에서 벼슬하다가 영전되어 한양으로 떠난 이에게 쓴 글인데 가슴 아픈 드라마를 보는 듯하다. 구절 구절에 가슴이 시리다.

가을바람 소슬하고 휘영청 밝은 달이 솟았는데 그리운 님이 가까이 없다면 얼마나 애달플까. 이루지 못할 사랑이라는 것을 알면서도 달님에게 자신의 심사를 토로하는 것이다. 신분이니 체면이니 그 따위가 무슨 필요 있나. 그저 어디든 둘이라면 좋은 것을. 그러나 가정이 있고 야망이 있는 남자라면 원하는 답을 줄 리 없다. 사랑이 가슴에 사무치면 누구나 꿈꾸어 보는 삶이지만 현실적으로는 쉽게 선택할 수 없는 길이기도 하다.

오래도록 가슴에 남아, 심장에 새겨진 듯 절절한 사람이 있는가. 혹 그런 사람 품었다면 달빛에게는 그 사연을 고백해도 무방하리라. 달빛은 그 허물과 죄를 따지지 않고 인간 세상을 따스하게 비추어 주니까.

낙엽 투정

벚나무는 단풍을 즐길 틈도 주지 않고 서둘러 낙엽이 진다. 은
행잎은 아직 물들지도 않았는데 벚잎은 벌써 가을 행사를 끝
내려 하고 있다. 간밤에 서풍이 스쳐 지나간 탓일까. 아침에 나
가 보니 벚나무 아래에 낙엽이 수북했다. 가을 정원 일은 낙엽
치우는 작업부터다.

　여름 지나고 가을 되면 여유를 좀 부려 보나 했더니 낙엽이
일거리를 만든다. 한날한시에 모조리 다 떨어지면 좋으련만 그
게 내 마음 같지 않다. 어제는 목련나무를 흔들어 잎이 떨어지
게도 해 보고, 송풍기를 둘러 메고 바람을 날려 보기도 하였
지만 이별 준비를 마치지 않은 잎들은 요지부동이었다. 이럴

땐 자연의 순리에 맡기고 물러서서 지켜보는 수밖에 없다. 세 아무리 무성해도 조락의 계절이 오면 스스로 자리를 떠날 것이다.

그렇지만 며칠 전에는 아무도 모르게 일 하나를 감행했다. 법당 앞 불두화 낙엽을 치우다가 별안간 심통이 나서 매달려 있는 많은 잎들을 한 장 한 장 손으로 떼어 냈다. 이런 행동을 나그네가 목격한다면 유별나다 할까 봐서 몰래 한 것이다. 불두화 잎이 질 때마다 이리저리 뒹굴어 법당 주변을 어지럽히는 것이 못마땅해서다. 이런 나의 잠행을 알 리 없는 분들은 밤새 잎이 다 떨어졌다며 의아해 했지만, 잎이 죄다 없어진 그곳을 지날 때마다 흐뭇하다.

이렇게라도 하지 않으면 가을 마당이 어수선하여 영 마음에 들지 않는다. 나의 성격이 까다로운 것이 아니라 방문자들에게 대한 예의라는 생각 때문이다. 처음 방문하는 이들에게 주는 마당의 느낌은 아주 절대적이다. 계단을 올라 바로 만나게 되는 공간이 마당인데 그곳이 정리되어 있지 않다면 감동을 줄 수 없다. 첫인상이 중요하듯 절 마당과 마주하는 그 때가 어쩌면 이곳의 호감을 높일 수 있는 결정적 순간일 수 있다. 이런 이유로 마당은 사시사철 소홀히 할 수 없는 장소다. 비바람이 몰아치지만 않으면 낙엽 하나 없게 정리하는 편이다.

그래도 올해엔 낙엽 치우는 일이 절반 이상 줄었다. 이른 봄에 절 초입의 참나무 숲이 절반 이상 사라졌기 때문이다. 아름드리 참나무들이 기계톱에 의해 쓰러지는 것은 안타까웠으나 마을에서 위험목으로 민원을 제기하여 진행된 일이었다. 경사진 곳에 있어서 태풍이나 호우로 인해 쓰러지거나 부러지면 주택이 파손될 수 있어 위험하다는 주장도 일리 있는 말이었다. 요사채 옆의 참나무 고목도 비스듬히 가지를 뻗고 있어서 넘어지면 지붕이 온전할 수 없었는데 그런 걱정을 덜고 지내게 되었다.

이 작업은 개인 돈을 들여서라도 언젠가는 시도하고자 벼르던 일이었는데, 내 속을 들여다보기라도 한 듯 일사천리로 마무리되었다. 작업을 지켜보면서 뜻대로 이루어지지 않는 일도 많지만, 때로는 어려운 일도 쉽게 풀어지는 경우가 생기는구나 싶었다. 세상일은 다투거나 조바심 내지 않아도 인연이 무르익으면 고민이나 문제가 스르르 해결되기도 하는 법인데, 이번 일이 그런 경우다.

무슨 일이든 순리에 역행하지 않고 잘 기다리면 적절한 시기에 난제가 풀어지기도 하고 기회가 주어지기도 한다. 억지로 되는 것은 없다. 시간에 따르고 세월에 겸손하면 어느 때 하늘이 도우거나 사람이 도울 것이다. 인연의 이치가 그렇다. 너무 성

급한 욕심이 일을 틀어지게 하거나 망치게 하는 원인이 된다는 뜻이다.

고대 그리스 로마의 철학자 에픽테토스가 "일이 그대가 원하는 대로 되기를 원하지 말라. 일이 되어 가는 대로 되기를 원하라."는 말을 남겼다. 무턱대고 욕심만 부리지 말고 천천히 순리에 따르라는 잠언 아니겠는가.

아무튼 벌목 작업 덕분에 가을마다 머리 무겁게 하던 낙엽 더미에서는 자유로워졌다. 이 일이 있기 전에는 낙엽이 마당을 뒤덮을 정도로 떨어지는데 모아 놓으면 산더미 같았다. 도저히 처치곤란이라 밤중에 마음 졸이며 태우기도 했었다. 이미 여러 차례 밝혔듯이 갈잎은 바람에 이리저리 날리는 것이라서 다른 낙엽보다 신경을 더 써야 한다. 비단 가을뿐만이 아니라 겨울에도 비바람이 불면 어디선가 마당으로 갈잎이 날아 들기 때문에 청소를 매번 하여도 허사가 될 때가 많다. 어쩌다 방문하는 이들은 가을 정취라며 격조 있게 말하지만 터를 잡고 사는 이들에게 낙엽은 일거리가 될 수밖에 없다. 낭만과 현실은 이렇게 다르다.

어쨌거나 이런 사연으로 낙엽 정리하는 시간이 절약된 것은 사실이다. 그렇지만 밤나무와 감나무를 비롯하여 산사 주변에는 낙엽 떨구는 수목들이 적지 않다. 이번 가을에는 이상하게

도 두충나무 열매가 잎보다 더 많이 날아든다. 바람에 몸을 맡겨 멀리멀리 씨앗을 퍼트릴 때라 그런지 마당 이곳저곳에 표창처럼 박혀 있다. 나무는 잎 지며 날리고, 인간은 쓸어 내며 치우고…. 이것은 매년 이맘때마다 가을 숲과 내가 즐기는 숨바꼭질 놀이다.

구구절절 낙엽 이야기를 꺼낸 것은 참나무 숲이 사라진 역사를 기록하려는 뜻도 있지만 가을날의 수고를 알아달라는 마음에서 괜한 투정을 부려 본 것이다.

무엇을

부러워하는가?

지난해 아주 오랜만에 공항 갈 기회가 생겼는데 그새 시스템이 자동 발권기로 바뀌어 있었다. 이제는 매장을 가더라도 접수 직원이 없는 경우가 많다. 아이스크림이나 커피를 주문할 때도 사람보다 기계와 먼저 대면해야 하는 시대다.

예전엔 '십 년이면 강산이 변한다'고 했는데 지금은 '십 년이면 시스템이 변한다'이다. 이젠 눈뜨면 또 새로운 기술과 정보를 익혀야 한다. 로봇이 주재하는 세상으로 점차 바뀌어 가고 있는 것이다. 앞으로 인간이 하던 일을 로봇이 대신함으로써 인간의 직업 칠백이십여 종이 사라질 것이라 한다.

이런 상황을 접하며 인간은 어떻게 살아야 할 것인가를 거듬 고민하게 된다. 인공지능의 등장은 업무를 향상시기고 생활의 편리를 제공할지는 몰라도 인류의 생존을 위협할 수 있기에 무섭고 걱정스럽기도 하다. 신기술 앞에 무조건 박수 칠 일이 아니라 그들의 역습을 예견할 수 있어야 할 것이다.

기계 앞에 인간이 점점 바보가 된다는 지적도 맞다. 몸을 움직여 하던 단순한 일을 기계가 대신해 주면 좋을 것 같지만 사람은 점점 게을러진다. 전화번호를 수십 개 암기하던 일을 스마트폰이 대신해 주니까 애써 노력하지 않아도 된다. 그렇지만 스마트폰을 분실이라도 하게 되면 저장된 정보는 사라지는 것이나 마찬가지다. 그러므로 기계가 지닌 정보나 지식은 온전히 인간의 것이라 할 수 없다. 현대인은 이른바 똑똑한 바보가 되는 셈이다.

효율성을 강조하는 도구나 기계에 지나치게 의존하면 쉽게 삶의 균형이 깨지고 오히려 도구에 지배당하는 꼴이 된다. 기계가 설정해 놓은 대로 따르는 것이 과연 인간다운 삶일까. 그래서 인간은 적당히 불편하게 살아야 한다는 게 내 신념이다. 무한 편리는 인간을 더 바보로 만들 가능성이 있기 때문이다.

인터넷 만평을 보니 과거에는 브라운관 텔레비전의 두께가 두껍고 사람의 허리는 날씬했는데, 지금은 두께가 얇은 스마트 텔레비전으로 바뀌고 사람은 뚱뚱해져 있었다. 첨단 기술이

개발되어 편리한 세상이 되면 무한정 좋을 것 같지만 그 대가로 건강을 비롯하여 고요한 침묵이나 대지의 노동 등 단순한 생활이 주는 즐거움을 잃어버릴 수 있다는 뜻이다.

로봇이 아무리 현명하다 해도 인간이 지니고 있는 이타심과 자비심은 감당할 수 없을 것이다. 즉 기계는 모성애가 없다. 이것이 인간과 기계를 구분하는 절대 지표다. 결국 인간답다는 것은 자비심이 무궁무진하다는 것일 테다. 인간이 지닌 자비심은 그 어떤 기계에도 종속될 수 없다.

몇 십 년 전에 한 늙은 인디언이 '앞으로 여자들이 이 세상을 구원하는 역할을 해야 할 것이다. 남자들이 이 세상에 어질러 놓은 것을 정리하고 치울 사람은 여자들뿐이다.'라고 말했다. 모성적인 사랑이 우리를 구원한다는 것이다. 따스한 마음이 이 세상을 치유하고 구제할 수 있다는 것을 알아야 한다. 로봇은 절대 이것을 대행할 수 없다.

그러므로 기계에 너무 정을 주지 말고 사람에게 친절하고 따스하여라. 보다 따뜻한 정을 나누는 게 인간다운 삶이기 때문이다.

황금으로 만든 술독 부럽지 않고
백옥으로 만든 술잔 부럽지 않고

젊었을 때의 출세도 부럽지 않고

늙어서 얻는 감투도 부럽지 않다

천 번 만 번 부러운 건 서강수西江水라네

왜냐하면 내 고향으로 흘러가는 강물이기 때문이다

당대唐代의 걸출한 인물, 육우의 「육선가六羨歌」이다. 세상 그 어떤 것도 부럽지 않고 오직 고향으로 흘러가는 강물을 바라보는 일이 즐겁다는 고백이다. 나이 들면 누구나 태어나고 자랐던 고향의 풍경이 다시 그리울 것이다. 불편한 노구라 고향 찾아가는 것은 힘들어도 그 동네 어귀를 돌아갈 강물에게 안부를 전할 수 있으니 위로가 되리라.

인간이 인간다운 것은 따스한 마음의 고향을 가졌기 때문이다. 기계에게 돌아갈 고향이란 없다. 이러하므로 기계보다는 사람과 정을 나누고 깊이 교류해야 인정이 메마르지 않는다. 그대들은 지금, 무엇을 부러워하는가? 가을 낙엽을 치우며 던져보는 질문이다.

감나무가 있어서

빈곤하지 않다

감나무 마당이 가을 산사 풍경의 한몫을 한다. 마치 감나무를 묘사한 한 폭의 풍경화를 보는 느낌이다. 잎이 다 지고 붉은 감만 주렁주렁 달고 있는 그 자체로 이미 하나의 작품이다. 이즈음이 되면 가장 많은 주목을 받는, 우리 절의 대표 수목 중 하나다.

이 감나무는 마당 오르는 계단 중앙에 가지를 늘어뜨리고 있어서 일주문 역할도 겸하고 있는데, 올해는 크고 작은 감이 올망졸망 탐스럽게 달렸다. 비로소 원하던 작품이 완성된 셈이다. 이렇게 되기까지 삼 년이라는 시간이 필요했다.

이곳에는 절을 짓기 전부터 감나무가 몇 그루 있었는데 계단 옆의 감나무도 그 가운데 하나다. 늙은 감나무라 열매도 몇 열리지 않았지만, 꼭지가 일찍 물러지는 품종이라 가을이 무르익기도 전에 이미 열매가 다 떨어져 그 주변이 지저분해지곤 했다. 고민 끝에 다른 품종의 감으로 접목을 시도하기로 마음먹고 차근차근 작품을 만들어 갔다.

고염나무 열매 크기의 감부터 주먹 크기의 감까지 세 가지 품종으로 접을 붙이고 삼 년이 지나니 자리를 잡아 풍성해졌다. 올해는 그 어느 때보다 자신의 매력을 유감없이 보여 주고 있다. 늙은 나무에 젊은 열매가 달린 것이니 감나무의 재탄생이 아닐 수 없다. 이런저런 다양한 감들이 달려 있으니 보는 이들마다 신기한 듯 쳐다보며 카메라 셔터를 누른다. 이런 모습을 볼 때마다 접목 작업을 잘했구나 하는 생각이 든다.

여기의 감나무는 곶감이나 홍시를 만들어 먹을 것이 아니라 어디까지나 감상 목적의 관상용 나무다. 그런 이유로 저절로 떨어지는 감 외에는 손으로 따지 않으며 만지지도 않는다. 며칠 전, 큰 바람이 휘몰아쳐 열매를 무겁게 달고 있던 가지 하나가 부러졌다. 아쉽긴 하지만 그래도 가을 풍경을 충분히 연출해 내고 있다.

앞으로 찬바람이 불고 첫 눈이 내릴 때까지 감은 그 자리에 있을 것이다. 그 사이에 까치밥이 되거나 홍시가 되어 사라지는 녀석들도 있겠지만 대부분은 온전할 것이다. 설경을 배경 삼아 매달려 있는 홍시를 상상해 본다. 순백의 도화지에 그려진 홍시들은 극명한 색채 대비를 이루어 더 아름다울 테다. 그때쯤 생을 다해 눈밭에 툭툭 떨어지면 바구니에 주워 담아 올 것이다.

가을부터 겨울이 오기까지 저 감나무만큼 기쁨을 주는 이는 없다. 그 누가 매일 내 곁을 지키며 묵묵히 나를 위로해 주겠는가. 이 가을 감나무가 있어서 마음이 빈곤하지 않다. 참 고마운 벗이라서 그 아래에 낙엽이라도 날아들면 깨끗이 치워 주며 명품으로 가꾸고 있다.

자연을 접하며 시들지 않는 삶의 리듬을 지닐 수 있다는 것은 참 좋은 일이다. 그것을 통해 자기 나름의 뜰을 가꿀 수 있기 때문이다. 자연의 리듬과 소리에 귀 기울여 보라, 백 마디 말씀보다 몇 곱절 이로운 법문으로 우리를 깨우쳐 줄 것이다.

이재무 시인의 「감나무」에서 한 구절을 빌려 와 읽어 본다.

감나무 저도 소식이 궁금한 것이다

그러기에 사립 쪽으로는 가지도 더 뻗고

가을이면 그렁그렁 매달아놓은

붉은 눈물

주인은 감나무 심어 놓고, 밤 기차 타고 떠나 오랜 세월 소식
이 없었나 보다. 그래서 감나무도 주인의 안부가 궁금해 사립
문 쪽으로 고개를 내밀고 날마다 기다린 것일까. 오죽했으면 새
순도 담장 너머부터 틔워 내며 주인 오기를 희망했을까 싶다.

우리 절 감나무를 처음 심은 주인은 지금 어디에서 무엇 하
며 살고 있을까. 동무들은 떠났어도 감나무는 아직 그 자리를
지키고 있다는 것을 아는지 묻고 싶다. 이런 까닭에 감나무 아
래에 서면 옛 주인의 근황이 궁금해진다.

삼공 벼슬도

부럽지 않다

김홍도의 그림 중에 삼공불환도三公不換圖가 있다. 강산과 벗하며 지내는 생활이 얼마나 좋기에 삼공三公의 벼슬과 바꾸지 않겠노라 했을까. 송대宋代의 인물 대복고가 '만사에 무심하여 낚싯대 하나뿐, 삼공 벼슬과 이 강산을 바꾸랴' 하는 글을 남겼는데, 여기에서 그림의 이름이 유래했다. 전원생활의 기쁨에 집중하고 그 일을 즐기면 삼공 자리도 부럽지 않다는 뜻일 것이다.

　한 연구에 따르면 일 인당 소득이 이만 달러를 넘으면 '웰빙'이, 삼만 달러를 넘으면 '가드닝'이 사회적 이슈가 된다고 한다. 우리 사회도 정원에 대한 관심과 인식이 달라지고 있다. 왜 정원을 가꾸는 일에 점점 열광하는 걸까.

추사 고택에는 '세간양건사경독世間兩件事耕讀'이라는 글귀가 남아 있다. 세상에서 두 가지 큰일은 밭일하고 책 읽는 것이라는 뜻이다. 여기에 정원 열풍의 해답이 있을지도 모르겠다. 젊어서는 가족을 위한 밥벌이로 정신없이 살다가 중년을 넘기면 여유가 주어지기도 할 것이다. 이때는 골치 아픈 일에 매달리기보다는 단순하고 소박한 일상이 즐거울 것이다. 그러므로 텃밭과 정원에서 일하다가 남는 시간엔 책 읽는 일상을 원하지 않을까.

백발이 성성해지면 귀는 어두워지는데 유독 눈이 맑아진다 했다. 별과 달에 눈길이 머물고, 꽃과 나무에 의미를 부여하게 되는 나이라는 뜻이다. 보이지 않던 것들에 대한 관심이 높아지는 시기이기 때문에 어쩌면 전원생활에 대한 기대가 커질 수밖에 없는지도 모르겠다. 아침에 일어나 텃밭 일에 집중하다가 정원에서 하루를 마감하는 것은 단순하지만 지루하지 않은 일상이다.

해 뜨기 전 꽃밭을 둘러보는 일은 나의 큰 기쁨이다. 꽃들과 인사하는 그 시간을 즐기기 위해 정원을 가꾼다 해도 과언이 아니다. 흙은 몸과 마음에 안정과 활력을 주는 보약이다. 텃밭에 채소 심고 그것을 돌보다 보면 근심 걱정도 줄어든다. 이렇게 초록색 식물 속에서 다양한 초목과 생활하는 것이 회색 빌

딩 숲에서 생활하는 것보다 유익하다는 건 분명하다.

네덜란드의 한 연구 기관에서 스트레스가 많은 직업을 가진 사람들을 두 그룹으로 나눈 뒤, 한 그룹은 실내에서 책을 읽게 하고 다른 그룹은 야외 정원에서 꽃을 가꾸게 했다. 그 결과 실내보다는 야외에서의 스트레스 감소 효과가 크다는 것이 밝혀졌다. 꽃을 만지면서 기분이 좋아지고 스트레스 호르몬 수치가 줄어들었기 때문이다.

인간이 느끼는 괴로움 가운데 무위고無爲苦가 있단다. 아무 할 일이 없는 무료함이 주는 고통이다. 너무 심심하고 따분한 일상은 도리어 고통이 되는 것이다. 그러므로 적당한 노동과 목표가 있을 때 삶은 활기 넘친다. 이런 이유로 나이 들어가며 시간을 활용하기엔 전원생활이 으뜸일 것이다. 이러하니 삼공과도 바꾸지 않겠다고 말했을 터다. 몸을 적당히 움직여야 사람 사는 맛이 난다. 밭일하다 땀을 닦을 때의 그 보람은 달리 설명할 길이 없다.

혼자 사는 할머니

밤 사이 잘 주무셨나

궁금해 하던 밤나무가

뒷마당에 알밤 몇 개

던저 보았습니다

날이 밝자
지팡이 짚은 할머니가
바가지를 들고 나옵니다

안심한 밤나무는
다음 날에 던질 알밤을
또 열심히 준비합니다

정나래 작가의 「밤나무」라는 시이다. 한 편의 동화를 읽는
듯 그 장면이 저절로 떠올라 마음이 따뜻해진다. 우리 절 밤나
무도 매일 다녀가는 할머니의 안부가 궁금하여 날마다 뒷마당
에 알밤을 떨어뜨리는 것일까.

이런 풍경도 전원생활에서만 목격할 수 있는 그림이다. 숲과
더불어 살아갈 때 강산이 주는 고마움을 새삼 실감한다. 과밀
한 도시에서는 그 가치를 제대로 평가하기 쉽지 않다. 산골의
넓은 숲보다 도시의 작은 집값이 몇 십 배 더 비싸다는 사실
은 도저히 이해되지 않는 일이다. 숲이 주는 혜택과 기쁨이 훨
씬 큰 데도 말이다.

근래에 오가는 시간도 아까워 외출을 줄이고 정원 일에 매달렸다. 방문객의 발길이 뜸해도 별다른 근심 없이 시간을 보낼 수 있었던 것도 꽃과 나무들이 날마다 다른 표정으로 나에게 말을 걸어 온 덕분이다. 이 또한 정원이 있기에 누릴 수 있는 즐거움일 것이다.

모든 잎이

꽃이 되는 계절

이른 아침부터 겨울을 재촉하는 비가 내린다. 낙엽 진 숲 사이로 빗소리만 고요하다. 갑자기 싸늘해진 기운에 놀라 단풍나무 잎들도 서둘러 질 것 같다. 저 멀리 외로이 선 감나무의 홍시들이 애처로워 보인다.

처마로 떨어지는 빗소리를 듣고 있으니 머리가 맑아진다. 온전한 나만의 시간이다. 방문객들이 아직 없으니 비 내리는 풍경을 하염없이 감상할 수 있다. 이런 소소한 시간들이 홀로 지내는 산거의 즐거움이다.

가만히 빗소리에 귀를 열고 있으면 자잘한 번뇌들은 사라지고 빗소리만 남아 가슴에 고인다. 시인 주요한은 빗소리를 '다

정한 손님'으로 표현했던데, 이런 날 빗소리가 창문을 노크하지 않았다면 외롭고 쓸쓸한 시간을 보낼 뻔했다.

역시 빗소리는 '멍'하니 앉아 감상하는 것이 일품이다. 인연이 되어 이곳에서 템플 스테이를 하게 되면 그 프로그램 이름을 '멍 스테이'로 지어 볼 생각이다. 군인들이 무장 해제하듯, 인생사의 짐들을 던져 놓고 멍하니 지내는 시간들이 우리에겐 종종 필요하기 때문이다. 내일 다시 삶의 배낭을 지더라도 오늘의 휴식을 통해 행군할 힘을 새로이 얻게 될 것이다.

이런 점에서 멍하게 앉아 있는 일도 추천할 만하다. 복잡한 생각을 정리하는 시간을 가지면 지금의 상황을 충분히 받아들이는 공간이 생겨난다. 이를테면 순수한 집중과 응시 같은 것이다. 세상에서 가장 아름다운 춤은 '잠시 멈춤'이라는 말도 있다. 인습과 타성에 젖어 무작정 걷던 일을 잠깐 멈추어 보면, 비로소 보이는 것들이 있게 마련이다. 멈추고 내려놓으면, 버리고 비운만큼 상쾌하고 가벼워지는 까닭이다.

> 모든 살아 있는 것들은 지금 이 순간을 살고 있다.
> 지금 이 순간은 과거도 미래도 없는 순수한 시간이다.

법정 스님이 『아름다운 마무리』에서 하신 말씀이다. 중요한 것은 지금 이 순간, 살아 있다는 것을 자각하는 일이다. 잠시 하던 일을 멈추고 무엇을 위해 달려가고 있는지 자신에게 물어보면 좋겠다. 그 물음을 끌어내기 위해 '멍' 때리는 시간을 가끔 즐기자는 것이다.

올해 가을 단풍은 유난히 선명하고 붉었다. 무섭게 유행하는 감염병으로 불안하게 흔들리는 세상을 위로라도 하듯 숲은 아름답게 물들어 갔다. "가을은 모든 잎이 꽃이 되는 두 번째 봄이다."라는 알베르 카뮈의 말처럼 나무는 각각 자신만의 색으로 맘껏 물감을 풀어냈다. 그 덕분에 호사를 누리며 단풍타는 숲길을 돌아오곤 했으니 일부러 단풍 구경하자고 먼 길 나서지 않아도 되었다.

유독 은행잎 지던 풍경이 잊히지 않는다. 성모당聖母堂 근처의 늙은 은행나무에 노란 단풍이 절정이 되나 싶더니 찬 서리를 맞고 우수수 떨어지기 시작했다. 그 소리가 마치 빗소리를 가까이서 듣는 듯했다. 발걸음을 멈추고 낙엽 지는 장면에 반하여 그 주변을 떠나질 못했다. 가지에 달린 그 많던 잎들이 지는 데에는 그리 오랜 시간이 걸리지 않았다. 쏴아쏴아 소리를 내며 속절없이 쏟아져 내렸다. 그 환상적인 장면을 혼자 보기 아쉬워 영상에 담아 지인들에게 보냈더니 몇 명이 구경하러 달려왔다. 내 생애 참 멋진 가을 풍경으로 기억될 일이었다.

그렇게 은행잎 지고 난 다음날부터 몇 가지 월동 준비를 했다. 구절초, 코스모스, 봉선화, 금잔화, 붓꽃 등 털어 말려 둔 여러 꽃씨도 메모하여 보관하였다. 마른 꽃대들을 과감히 베어 내고 보온이 필요한 녀석들은 짚으로 덮어 주었다. 그러고도 시간이 남아서 함께 법당 출입문의 낡은 한지를 뜯어내고 다시 바르는 일까지 마쳤다.

가을이 곧 겨울에게 자리를 내어 줄 모양이다. 시간이 손가락 사이로 모래 빠지듯 금세 지나간다. 나이 들수록 세월이 더 쏜살같다더니 틀린 말이 아니다. 소동파는 잠시도 멈추지 않는 무상한 세월은 이렇게 토로했다.

인생을 무엇과 같다고 할 것인가?

그것이 기러기가 눈밭에 앉았다 날아가는 것과 무엇 다르랴.

그 발자국은 어느새 흔적도 없고

기러기는 동으로 갔는지, 서로 갔는지 알 수 없다.

어릴 때 인사했던 노스님은 이미 열반하여 보이지 않고

담벼락도 무너져 우리들의 글씨도 사라졌네.

옛 시절 험난하던 그 산길을 기억하는가?

길은 멀고 사람은 지쳐 나귀 절름거리며 울던 일을.

이 글은 소동파가 동생에게 보낸 문장으로 알려져 있다. 아우와 함께 과거길에 신세졌던 고사古寺를 다시 찾았더니 다정했던 노스님은 이미 고인이 되어 승탑僧塔에 모셔졌고, 어느 돌담에 동생과 남긴 시 한 수도 세월에 무너져 바래지고 없더라는 소식을 전하면서 동생에게 물어보는 것이다. 그때 우리들이 출사出仕를 위해 산길을 넘었던 그 험난했던 때를 기억하고 있는지를.

이렇게 모든 것을 바꾸어 버리는 세월도 돌이켜보면 잠깐이다. 청춘이 어제 같았는데 오늘 보니 백발이지 않던가. 희노애락의 삶이 세월과 함께 쉼 없이 흘러가는 것이다. 시간에 따라 계절이 바뀌듯 만물이 오묘한 질서 속에서 운행된다. 인간이라 해서 그 질서에 예외일 리 없다. 정지해 있지 않고 변화하는 삶이기 때문에 인생은 더 신비한 것인지 모른다.

'나는 누구인가? 왜 사는가? 어떻게 살 것인가?' 빗소리 가득한 낙엽귀근落葉歸根의 계절에 이 근원적인 물음을 다시 던져본다.

봄은 가을부터

준비하는 것이다

잠시 비 그친 틈을 이용하여 국화를 심고 들어왔다. 비바람이 흩날리는 고약한 날씨라서 종일 문 닫고 쉬고 싶었는데 이웃 마을의 지인이 국화를 한 자루 담아 왔다. 축제에 쓰였거나 화원에서 팔다 남은 국화를 구해 온 것이다. 작년 이맘때에도 이렇게 가져다준 국화를 밭둑에 심어 주었더랬다. 그 꽃들이 금년에 잘 자라나 국향 가득한 정원을 만들어 주었다.

　오늘은 날씨가 변덕을 부려 살짝 게으른 마음도 생겼지만 꽃을 구해 준 마음이 고마워서 호미를 들고 나갔다. 내일부터 영하로 추워진다는 예보도 있었으니 바로 심지 않으면 안 되는 상황이기도 했다. 다행히 국화를 심기 위해 며칠 전에 밭을 일구어 놓았으니 마침 잘 된 일이다.

비에 젖어 질퍽한 밭이랑에 국화 심는 작업을 마치고 나니 장화가 온통 진흙투성이다. 수돗가에서 씻고 털어 내는 정리를 하면서 성가시다는 생각이 들었다. 그러나 어쩌랴. 작업을 위해 준비하고 마무리하는 그 모든 과정이 다 수행인 것을. 일하던 장화를 흙 묻은 채로 그냥 두었다가 다시 신어도 되지만 그것은 제대로 된 마무리가 아니다. 비록 사소해 보이는 호미나 장화라 하더라도 제자리를 찾아 가지런히 놓아두어야 비로소 그 일을 끝낸 것이 된다.

이러한 나의 성격을 모르는 이들과 일을 한 뒤에는 따라다니며 챙겨야 연장이 제자리에 돌아온다. 그렇게 하지 않으면 호미나 낫을 잃어버리기 일쑤다. 귀찮은 일이긴 하나 다음 일을 위해서는 제때 챙겨 두는 것이 효율적이다. 제자리에 놓여 있지 않으면 연장 찾으러 다닌다고 시간을 허비하는 경우가 많아서 그렇다.

이번 가을에는 국화를 여러 번 옮겨 심었다. 내년에 국화밭을 더 늘릴 계획으로 대추 묘목 심은 밭을 파헤쳐 국화 심을 이랑을 다시 만들었다. 그 땅에 국화가 생길 때마다 심었다. 늦가을에 심은 국화는 겨울 추위를 견디고 뿌리를 내려 봄에는 더 든든히 자리 잡을 것이다. 내년을 위해 지금부터 차근차근 준비해 가는 중이다. 내년 가을쯤 국화가 만발하면 자리 펴 놓고 축제를 벌일 작정이다. 그런 상상을 하면 수차례의 작업도 힘들지 않다. 정성이나 노력 없이는 결코 감동의 장면을 맞이할 수 없기 때문이다.

이미 밝혔지만 올봄에도 카페 근처 텃밭에 국화를 대단위로 심었다. 멀리서 동국冬菊 품종을 들여와 어린 녀석을 심었는데 가을이 되자 넓은 밭을 다 채우도록 훌쩍 성장하여 기대에 부풀게 했었다. 그런데 이상 기후로 갑자기 영하의 된서리가 내리는 바람에 잎과 꽃망울이 절반 이상 얼어 버렸다. 그 탓에 꽃이 듬성듬성 피어서 내가 상상한 장면은 연출되지 못했다. 수없는 손길과 관심을 주었는데 결과가 좋지 못해 아쉬웠다. 그러나 정원 일은 실패와 실수를 거듭해야 경험과 실력이 쌓이는 법이다.

당나라 시인 원진이 예찬하는 국화는 이러하다.

도연명의 집처럼 집을 둘러 핀 국화들
빙 두른 울타리 옆으로 해는 기울어 간다
꽃 중에서 국화만을 편애하는 건 아니지만
이 꽃이 지고 나면 더 이상 꽃은 없으리니

은자와 군자들은 예로부터 국화를 곁에 두고 노동과 사색의 소재로 삼았다. 서리 내리는 추운 계절에도 홀로 피어 있는 국화의 자태에서 선비의 절개를 배웠던 것이다.

봄에는 사방 천지에 꽃이 흔하지만 늦가을까지 피어있는 꽃은 귀하다. 그런 이유로 국화는 지금까지 사랑받고 있는지도 모른다. 동국을 우리 정원에 심은 뜻도 여기에 있다. 서리가 내리는 초겨울까지 지지 않고 피어 있는 꽃이라서다. 동국은 낙목한천落木寒天 지금까지 서리를 맞고 의연히 서 있다. 그나마 국화가 아직 남아 있어서 초겨울 풍경이 삭막하지 않다.

어제까지는 구근 식물을 가꾸느라 며칠 고생을 했다. 흙을 신고 와 화단을 조성하고 그곳에 수선화와 튤립을 촘촘히 심었다. 수선화는 순천 선암사 초입의 화원에서 구해 온 것인데 품종이 아주 다양하다. 아마도 내년 봄이면 그 신비를 볼 수 있을 것이다. 그리고 지인이 구해다 준 튤립은 각기 다른 색을 지닌 꽃이 무리지어 피어날 것이다. 이른 봄의 꽃을 보기 위해서는 가을에 미리 준비해야 가능하다. 구근 식물도 가을에 심어야 잠을 자다가 봄이 되면 기지개를 활짝 켜는 것. 그러므로 정원사의 달력은 가을 겨울 봄 여름 순서로 진행된다. 봄꽃을 봄에 준비하면 이미 늦다.

나무에도 이미 꽃눈이 와 있다. 겨울잠을 자고 봄을 만나면

눈을 뜨고 개화하는 것이다. 봄의 준비는 이미 가을부터 시작
되는 셈이다. 이처럼 인생의 때도 미리 준비하는 자만이 절정
의 순간을 만날 수 있다. 무엇이든 그때를 아는 것이 삶의 기
술이다.

뜰 앞에

국화를 심다

국화 정원에 무서리가 눈처럼 내렸다. 음력으론 아직 시월인데도 아침 날씨는 초겨울마냥 쌀쌀하다. 늦가을 국화 색과 초겨울 무서리의 절묘한 조화가 환상적이라 사진으로 담았다. 자연이 연출하는 작품은 시시때때로 달라지기 때문에 가까이 두고 보지 않으면 그때를 만나기 쉽지 않다. 오늘은 무서리 내린 국화밭 풍경이 뜻밖의 선물이 되었다.

가을에 국화가 없었다면 어땠을까. 가을꽃이 참으로 많지만 국화의 인기를 대신할 수는 없을 것이다. 찬 이슬이 내려도 고고하게 자신의 향기를 간직하고 있는 것은 오직 국화뿐이다. 그래서 일찍이 국화를 오상고절傲霜孤節, 사군자로 사랑해 왔다.

무릉도원을 노래한 시성詩聖 도연명도 국화를 아끼기로 유명했다. 국화의 고운 빛깔을 '동리가색東籬佳色'이라 하는데 도연명의 글에서 따온 표현이다. 그가 동쪽 울 밑에 심은 국화를 따서 만든 차의 아름다운 빛깔에서 유래했다. 지금도 이맘때쯤이면 '동리가색도'라 하여 국화 그림의 화제畫題로 많이 애용한다.

채국동리하 採菊東籬下 동쪽 울타리 아래서 국화를 따며
유연견남산 悠然見南山 한가로이 남산을 바라보노라

해질 무렵 국화를 따다가 아름다운 앞산의 석양을 바라보며 전원의 일상에 감사하고 있다. 욕심 한 자락 내려놓고 유유자적의 삶을 사는 은둔자의 마음이 느껴진다.

이러한 삶을 옛사람들은 무척 동경했을 것이다. 조선 화가들이 가장 많이 의뢰받은 인물화가 도연명이란다. '쌀 닷 말 녹봉 타 먹자고 머저리 같은 관리들에게 머리를 조아릴 수 없다'며 벼슬자리를 내던진 뒤 '나 돌아가리라'는 귀거래사歸去來辭를 부르며 시골로 내려간 그의 기개는 조선 선비들에게 일종의 '로망'이었을 것이다. 처자식 걱정으로 귀거래사를 감행하고 싶어도 감행하지 못하는 현실이었을 테니까.

어쨌거나 도연명의 국화 사랑은 후대의 시인 묵객들의 글과

그림으로 이어져, 겸재 정선 또한 그의 두 폭 부채에 '채국동리'와 '유연견남산'을 각각 인용해 화제로 쓴 작품을 남겼다. 경주 강동면의 운곡서원을 방문했을 때 '유연정悠然亭'과 마주했던 기억이 있다. 이 역시 도연명의 글귀에서 따온 정자 이름이다. 어디 이뿐인가. 가을 편지 서두에 '채국동리지절採菊東籬之節'로 시작하는 정형 문구도 그의 영향이다.

> 지난해 처음 뜰 앞에 국화를 심고
> 올해는 또 소나무를 심었네
> 산승이 화초를 좋아해서가 아니라
> 사람들에게 색즉시공을 알게 함이라네

『청허집淸虛集』에 실려 있는 서산대사의 게송이다. 어쩌면 스님도 도연명을 존경하고 흠모했는지 모른다. 그러니 도연명이 거처하던 초가의 풍경처럼 소나무 한 그루와 국화를 심은 것 아닐까.

나도 지난해에 국화를 심었고 올해는 소나무 한 그루를 심었다. 겨울이 오기 전에 맘먹고 교육관 옆의 화단을 고치기로 하고 인부들을 불러 사흘 동안 그 일을 마무리했다. 마당 한가운데 놓인 화단이 답답하고 복잡하기도 하여 잔디 광장으로 만들어 볼 생각에서 시작한 일이었다. 그 과정에서 소나무 한 그루도 심었다.

꽃과 나무로 꽉 차 있던 화단을 비우고 나니 공간이 넓어지고 고요가 되살아났다. 여백이 주는 효과다. 이제 마당은 사람도 쉴 수 있고, 물건도 놓을 수 있는 곳이 되었다. 비었으나 결코 비어 있지 않은 공간인 것이다. 텅 비워 놓았기 때문에 무엇이든 활용할 수 있게 된 셈이다. 이것이 색즉시공의 도리 아니겠는가. 국화꽃이 피었다 지지만 그 자리에서 아주 없어진 것이 아니듯 허상에 집착하지 않을 때 삶의 본질을 더 깊이 이해할 수 있다.

가끔 도연명이 사랑했던 국화는 어떤 품종이었을까 상상해 본다. 꽃을 따서 차를 만들었으니 소국小菊 종류는 아니었을까. 그러나 그게 무슨 상관. 꽃을 좋아하고 그 꽃을 통해 세상 시름을 위로받았으면 그것으로 족한 것을.

겨울

무욕의 숲에서 배워라

冬

꽃 많이

심지 마라

겨울 추위가 몰아치기 전에 미루어 두었던 일을 시작했다. 무더기로 피어났던 쑥부쟁이 화단을 정리해 주는 일이었다. 무슨 일이든 덤비기까지가 힘들 뿐 소매를 걷어 올리고 나서면 어떤 식으로든 끝이 나게 되어 있다. 망설이고 미루는 병이 그래서 고약한 것이다.

꽃이 지고 말라 버린 쑥부쟁이를 낫으로 잘라 주고 그 아래에 쌓여 있는 낙엽을 걷어 냈다. 보통 이런 작업은 봄에 하는데 나는 겨울이 오기 전에 끝마친다. 그렇지 않으면 오며 가며 그곳이 눈에 거슬리기 때문이다. 깔끔하게 정리해 주고 나면, 그곳을 지날 때마다 기분이 좋아지고 겨울 내내 정갈한 정원과 마주할 수 있다.

이 일로 오전 시간을 다 보냈다. 혼자 쓸고 치우고 하다 보니 진행이 다소 느리지만 내 방식대로 즐길 수 있어서 나쁘지만은 않다. 여기서의 내 방식은 느리게, 꼼꼼히 하는 것이다. 곁에서 일손을 도와주는 이들이 있으면 힘은 덜 수 있으나 일하는 방식이 다르다. 그럴 땐 썩 마음에 차지 않아도 말을 아끼는 편이다. 성격이 모두 다른데 손길이 어찌 같을 수 있으랴.

가득 차 있던 정원이 다시 텅 비었다. 내년 봄이면 또 풍성한 공간을 만들어 줄 것이다. 이렇게 정원은 비우고 채우고를 반복하는데 그것이 불교의 공空사상과 일치한다. 비었으나 빈 것이 아니고, 사라졌으나 완전히 사라진 것이 아니다. 이런 원리 속에서 우주가 운행되고 인생의 질서도 유지된다. 그러니 무엇이든 집착하면 얽매이고 부자연스럽게 되는 법이다.

텅 빈 공간에 자연석 하나 놓인 겨울 정원의 정취가 일품이다. 아주 비웠기 때문에 비로소 보이는 것이다. 그래서 겨울 정원은 모든 걸 정리하고 비워 놓아야 제맛이다.

그나저나 아까 이 일을 하며 작은 가시가 박혔나 보다. 손가락이 따끔따끔하여 돋보기로 보니 작은 밤톨가시가 숨어 있었다. 까칠까칠해진 손을 보며, 고왔던 손이 점점 망가지고 있음을 실감한다. 원예 잡지에서 이십오 년 동안 정원을 일구며 지

내는 이들의 이야기를 보았는데 손가락 마디마디가 휘어 있었
다. 그만큼 밤낮으로 흙을 만지는 일에 몰두했다는 증표다. 정
원을 가꾸면서 손을 부드럽게 유지한다는 것은 애당초 불가능
하다. 그러니까 정원 일을 포기하던지, 예쁜 손을 포기하던지
둘 중 하나를 선택해야 한다.

어떤 물건이든 제자리에 있을 때 존재 가치가 빛난다. 사람
또한 그에게 맞는 역할과 열정을 만날 때 그 기량과 인격이 활
짝 피어난다. 그 사람에게 딱 맞는 옷처럼 잘 어울린다는 것이
다. 이런 말을 왜 하느냐 하면, 지금 내게 맞는 일을 하고 있으
므로 불평하지 않는다는 뜻을 전하고 싶어서다. 모든 이들이
정원 일을 즐기며 좋아할 수 없다. 그러므로 조원造園하는 일은
어디까지나 개인의 취미일 뿐 다른 이에게 강요해서는 안 된다.

고려 시대의 문신 이조년의 원예 철학은 아주 담백했던 것
같다. 자신이 거처하는 백화헌百花軒 앞뜰에 다양한 꽃을 심지
않은 뜻을 이렇게 밝히고 있다.

꽃 많이 심지 마라

수많은 꽃 피워야 맛이더냐

눈 속의 매화와 서리 속 국화만으로 충분하니

울긋불긋 다른 꽃 필요 없다.

눈 속에 피는 매화와, 서리를 맞아야 더 화사한 국화를 심었으니 부질없이 이것저것 더 심지 않겠다는 표현에서 선비의 감성과 절제가 느껴진다. 넘치게 심지 말라는 교훈이다. 작은 터에 꽃과 나무를 지나치게 오밀조밀 심어 놓으면 여백이 사라질 수밖에 없다. 선비들은 그림에도 여백을 중시했고 건축에서도 그랬다. 이른바 과유불급의 경계가 곧 미학의 기준이었던 셈이다. 그러므로 어떤 공간을 꽉 채우는 것은 본질에서 벗어나는 것이었다.

이것이 한국 정원의 특징이며 아름다움이다. 점 하나를 더 채우고 싶어도 애써 비워 두는 것이 우리의 소박한 정신이다. 솜씨를 맘껏 부리면서도 너무 튀지 않도록 절제하는 기술을 응용하는 것이 정원 설계에도 필요하다. 이것저것 욕심을 부려 막 채우고 나면 충만한 멋은 있을지 몰라도, 여백의 멋은 영 없다. 그래서 요즘 우리 정원은 더 이상 심지 않고, 캐거나 옮겨 주면서 비워 내는 작업을 진행하는 중이다.

'지나치게 꽃 많이 심지 마라.' 이것은 인생철학과 맞닿아 있다. 뭐든 지나치면 오히려 화근이 되고 번뇌가 되므로 좀 부족한 듯 살면 된다. '어지간히 하라'는 어른들 말씀처럼 너무 나서거나 앞서가려 하면 남의 눈총을 받거나 시기의 대상이 되기 쉽다. 꽉 채우는 욕심보다 적당히 모자란 것이 부대끼지도 않고 버겁지도 않다. 삶의 정원에도 여백이 꼭 필요하다.

무욕의 숲

오후에 찬바람도 불지 않고 기온이 포근하여 밖에서 몇 시간 정원 손질을 했다. 근처 숲에서 날아온 떡갈나무 갈잎을 주워 내고 늦게 피었다가 말라 버린 국화를 베어 냈다. 겨울에 무슨 정원 관리를 하느냐고 묻는 이들도 있을 것이다. 그러나 겨울 날이라고 손 놓고 있으면 정갈했던 마당이 어느새 산만해진다. 특히 밤사이 광풍이라도 휘몰아치고 가면 낙엽이 날아와 엉망이 된다. 이런 까닭에 겨울이지만 간간이 정원도 정리하고 마당도 비질하며 지낸다. 겨울 정원이 잘 다듬어져 있으면 꽃이 피어 있지 않더라도 평화롭고 아름답다.

정원사 김장훈은 그의 저서 『겨울 정원』에서, '겨울에 아름

다운 정원이 사계절 아름답다'고 했다. 꽃이 피어 있는 정원만 중요한 게 아니라 꽃이 지고 난 정원도 제 역할을 해야 된다는 뜻으로 받아들이고 싶다. 어찌 보면 겨울 정원은 그곳의 속살이라고도 할 수 있다. 잘 관리된 겨울 정원의 정취는 또 다른 매력이다. 이러하므로 유럽에서는 여러 사람이 찾는 유명한 윈터 가든이 많다 들었다.

잎이 지고 나니, 우리 정원 중간중간 놓인 수석이 이제야 자태를 나타낸다. 정원석 몇 점이 꽃 없는 겨울 정원을 작품으로 만들어 주고 있는 셈이다. 이처럼 겨울 정원은 무성한 잎에 가려 보이지 않던 속살이 드러나므로 그 자체를 잘 연출해 주어야 또 다른 겨울 풍경을 보여줄 수 있다.

겨울의 잔디 마당도 볼 만하다. 싱그러운 푸른 잔디도 매력 있지만 노랗게 물든 금빛 잔디도 눈길이 간다. 잘 다듬어진 모습 그 자체로 경치가 되기 때문이다. 초가을에 잔디를 일정한 높이로 잘라 두면 겨울 마당은 정갈한 모습을 유지한다. 그래서 눈 오는 날이 아니라면 거의 날마다 마당을 관리하고 있다. 겨울날 티끌 없이 잘 정돈된 잔디 마당이 좋아서다.

나이가 들면서 겨울 숲이 좋아졌다. 예전에는 쓸쓸하다고 느꼈는데 요즘에는 오히려 당당하다는 생각이 든다. 잎이 다 지고 난 뒤, 온전히 드러나는 겨울 숲이 마음에 들어온다. 맨몸을 훤히 드러내고 겨울을 견디는 그 모습이 늠름하고 씩씩하다. 욕심과 미련을 다 놓았기 때문일까. 겨울나무들은 해탈에 이른 구도자의 모습을 하고 있다. 지금까지 잎을 달고 있었더라면 차디찬 바람에 이토록 의연히 서 있지 못할 것이다.

겨울나무 숲으로 새떼들이 비상하는 풍경은 군더더기 없는 수묵화 같다. 맑은 하늘을 배경으로 포즈를 취하는 겨울나무는 액자에 담지 않더라도 이미 명작이다. 바람에 흔들리며 찬 겨울을 견디는 숲을 보며 삶의 지혜를 배운다. 문패도 이름도 다 털어 내고 열병하듯 서 있는 겨울나무는 집착과 번민을 훌훌 털어 버렸으므로 그 무엇보다 가벼울 것이다. 그야말로 무욕의 숲이다. 거추장스러운 삶의 장신구를 달고 있었다면 여러 가지 풍파에 이리 흔들리고 저리 흔들렸을 것이다.

겨울은 보이는 것들은 숨죽이고, 보이지 않는 것들이 숨 쉬는 계절이다. 겨울 숲은 멈추어 있는 것 같지만 뿌리는 바람을 이기며 깊이깊이 성장하고 있다. 겨울나무는 다 버렸기 때문에 새로운 봄을 기대할 수 있다. 이런 리듬이 없다면 우리 삶도 무료하고 지루할지 모른다. 비본질적 삶의 형태를 털고 본질적 삶에 다가설 수 있어야 한다. 나무가 잎을 털어버리듯 그런 단호한 용기와 결단이 필요하다. 그것을 감행할 때 반복되는 일상과 범속한 삶에서 벗어날 수 있는 것이다.

옛글을 보다가 조선 후기의 문신 이식이 남긴 송죽문답松竹問答을 흥미롭게 읽었다.

> 소나무가 대나무에게 말하기를
> 산골짜기 가득 눈보라가 몰아쳐도
> 강직하게 머리를 들고 서 있는 나는
> 부러지면 부러졌지 굽히지는 않는다오.
> 대나무가 소나무에게 답하기를
> 고고할수록 부러지기 쉬운 법
> 나는 청춘의 푸르름 영원히 지켜 가면서
> 머리 숙여 눈보라에 몸을 맡긴다오.

겨울 숲에서 두 나무가 이런 대화를 나누고 있을지 모르겠다. 세상을 살아가며 어떻게 대처하는 것이 옳은가 묻게 될 때 소나무와 대나무의 말을 참고하면 될 것이다. 이왕이면 우리 인품에 두 가지 기백이 모두 깃들어 있으면 더 좋겠다. 강직하고 당당하면서도, 겸허하고 유연한 삶.

겨울 숲과 대면하고 있으면, 문득 나는 내 몫의 삶을 충분히 살고 있는가를 헤아리게 된다. 한 번 지나가고 나면 다시 살 수 없는 그 시간을 제대로 살고 있는지 돌아본다. 글을 쓰다가 밖으로 나가 보니 빈 가지 사이로 보름달이 떠오르고 있다. 동쪽 산마루에서 마치 공이 굴러오듯 둥글게 떠오른다. 겨울 숲이 아니었다면 이렇게 완벽한 달마중을 할 수 없었을 것이다.

침묵과 응시의

시간이 필요하다

더 추워지기 전에 월동 준비를 해야 했는데 오늘 다 마쳤다. 추위에 약한 화목류의 줄기를 보온해 주기 위해 볏짚으로 피복해 주었다. 영하 십 도 이하로 떨어지는 날이 지속될 때를 대비해서다. 해마다 배롱나무와 어린 감나무만 보온해 주다 올해는 오래된 감나무도 감싸 주었다. 아무래도 늙은 나무라서 추위를 견디는 힘이 약할 것이다. 사람도 나이 먹으면 추위를 많이 탄다는데 나무라 해서 다를 리 있겠는가.

가까운 농가에서 볏짚을 얻어 와 옷을 입히듯 밑동에 보온재를 둘렀다. 지난겨울 강추위에 목숨 잃은 나무들이 있어서 미리 겁먹고 동여매 준 것이다. 북풍한설 찬바람에 어디 피하지도 못히고 그 자리에서 얼마나 오들오들 떨었을까. 무엇보다 신품종으로 들여 온 국화도 菊花桃 나무를 신경 써서 작업해 주었다. 이 나무에 도화가 피면 그 모양이 국화꽃 같아서 붙여진 이름인데 작년에 동사한 녀석들이 몇 있었다. 올해는 단단히 방한복을 입혔으니 무사할 것이다.

이밖에 새로 심은 미선나무도 감싸 주고, 은행나무 아래의 모란도 마음이 놓이질 않아 짚으로 덮어 주고, 체리세이지도 몇 겹으로 집을 지어 주었다. 볏짚이 부족하여 손보지 못한 튤립 정원이 마음에 걸리기는 하지만 낙엽이 그 역할을 대신해 주리라 믿는다.

다른 곳에서 옮겨 온 화초들은 겨울을 몇 번 보내야 이곳의 식구로 자리를 잡는데, 그때까지는 눈여겨 봐 주어야 한다. 겨울 생각은 하지 않고 꽃이나 나무가 마음에 들어 심었다가 얼려 죽인 일이 꽤 있었다. 그래서 정원을 가꿀 때는 그 지역의 기후와 온도를 잘 고려하여 수종을 선택해야 할 것이다. 오로지 나무만 팔아먹으려는 장사꾼들은 그런 설명은 슬쩍 빼놓고 좋은 점만 늘어놓는 경우가 많으므로 속아 넘어가면 나처럼 실수를 거듭하게 된다.

어제는 볼 일이 있어 남도 지방을 다녀왔는데 그곳에는 동백이 한창 피었더라. 이 겨울에 꽃을 볼 수 있는 그곳 사람들이 부러웠다. 우리 지역에서 동백이나 수국을 마음껏 감상하고 싶어도 한파의 고비를 넘지 못하니 곁에 두고 키울 수가 없다. 이곳에 살면서 다른 건 아쉽지 않으나 저 아래 남쪽에서 겨울에도 꽃을 피우는 나무들만은 부럽다. 천리향이나 은목서, 석류나무도 탐나는 수종인데 여기서는 키우기 힘든 상황이니 더더욱 그러하다.

그렇지만 우리 정원의 식구만으로도 충분한 기쁨을 누리고 있다. 비록 화려한 겨울 꽃은 없지만 눈이 내리면 가지마다 설화가 만발하지 않던가. 그 또한 강추위가 선물하는 이곳만의 풍경이다. 무엇이든 다 즐길 수 없고 다 가질 수도 없는 것. 그러므로 현재 내 곁에 없는 것을 부러워 말고 내 곁에 존재하는 것에 점수를 주어야 옳다. 왜냐하면 이미 가진 것에 감사하면 행복한 사람이지만, 지금 가지지 못한 것에 눈 돌리면 불행한 사람이기 때문이다.

아무튼 이런저런 월동 준비를 마치고 나니 할 일 다 마친 것처럼 홀가분하다. 새들도 겨울 먹이를 준비하는 것인지 연신 고목에 달린 홍시를 물어 나른다. 저 홍시도 며칠 안으로 동날 것 같은데 그것을 알기라도 하듯 까치들이 때마다 친구들을 데려와 만찬을 즐기고 있다. 참으로 고요하고 평화로운 해질녘 그림이다. 저 새들은 집 한 채 없이 가난하지만 더 욕심내지 않는다. 인생사라 하여 크게 바라거나 걱정할 일이 무엇 있겠는가. 이제부터는 오래도록 침묵하고 응시하며 겨울의 시간을 조금씩 건너가면 되는 것이다.

한동안 지녔던 잎과 열매들을 말끔히 떨쳐 버리고 차가운 겨울 아래 빈 몸으로 서 있는 나무들은 침묵과 응시의 의미를 고스란히 드러내고 있다. 겨울 숲이 침묵과 응시의 시간을 거쳐야 비로소 새로운 생명을 잉태하며 성장할 수 있듯이 우리들도 이 겨울 내면의 여로를 통해 인생의 근원을 물어보고 삶의 본질에 거듭 귀 기울여야 할 것이다. 그런 인생은 늘 새롭게 시작할 수 있으므로 결코 범속하지 않으며, 시시하지도 않을 테니 말이다.

나도 저 겨울 숲처럼 위선 가득한 비본질적 요소들을 털어내고 내 모습 그대로를 솔직하게 보여 주며 살고 싶다.

게으름도

휴식이다

밖에 찬바람 몰아치는 소리가 거세다. 밤새 창문을 울리는 바람 소리에 몇 번을 잠에서 깼는지 모른다. 새들도 어디로 몸을 숨겼는지 보이지 않는다. 찾아오는 이들도 없어 마당의 발자취도 사라졌는데 노송老松만이 잔설을 떨치지 못하고 찬바람에 움찔움찔 놀라고 있다. 곧 이 산중에 눈보라가 몰아칠 태세다.

　이런 날은 몸을 움직이기 싫어 늦잠을 즐기며 방안에서 꼼짝 않고 있다. 밖에 나가 사립문이라도 열어야 하지만 그것도 귀찮아 짐짓 게으름을 피운다. 손가락 하나 까딱하기 싫고, 한 발짝도 떼고 싶지 않은 그런 때. 게으름도 즐길 줄 알아야 그 나름의 휴식이 된다. 그러니까, 따분하거나 지루한 나태가 아

니라 잠시의 게으름인 것이다.

고려 말의 혜근선사는 아주 게으른 늙은이가 되고 싶어 '게으를 나懶'와 '늙은이 옹翁' 자를 써서 자신을 나옹懶翁이라 칭했다. 얼마나 게으르고 싶었으면 콧물도 닦지 않고 지냈을까. 게으름의 극치에 웃음이 나오지만 한편으론 어디에도 얽매이지 않는 순수의 경지가 그려진다. 게으름도 남을 의식하거나 스스로를 분별하면 즐길 수 없는 것이다.

당나라 때 살았던 나찬懶瓚화상의 본명은 명찬明瓚이었다. 선사는 주지를 하거나 설법을 하지 않고 일없이 지내며, 밥은 대중들이 먹고 남은 것을 먹었다. 때문에 사람들은 그를 '게으른 명찬'이라는 뜻으로 '나찬懶瓚'이라 불렀다. 그러나 그는 진리를 탐구하고 법등을 밝히는 데는 결코 게으르지 않았다. 대중들과 떨어져 살았지만 낮에는 일을 하다가 밤에는 소떼들 사이에서 공부했다고 전해진다. 선종 사서의 하나인 『조당집祖堂集』에 실린 선사의 「낙도가樂道歌」에서 그의 법기가 범상치 않았음을 알 수 있다.

몸은 한가한 데 두어도 마음은 깨어 있는 것이 진정한 게으름의 맛이라 할 수 있다. 선어록에 '휴거헐거休去歇去'라는 단어가 등장하는데, 이른바 쉬고 또 쉬라는 뜻이다. 그러니까 쉴 때는 쉬는 일에만 철저히 집중하다 일할 땐 또 그 일만 할 뿐! 지금의 행위에 잡다한 생각을 끌어들이지 말라.

> 풍로에 죽 끓고 처마 끝에 새 울고
> 치장 끝낸 아내는 아침 식사 준비하네
> 아침 해 높이 떠도 명주 이불 따뜻해
> 세상일 모르겠다 잠이나 더 자련다

「아침에 일어나 즉흥적으로 시를 짓다晨興卽事」라는 제목을 달고 있는 이색의 글이다.

옛사람이라 하여 지금과 달랐겠는가. 추운 날은 누구나 일정을 미루고 뒹굴뒹굴 하고 싶을 것이다. 다만 그런 사정이 허락되지 않으니 이불을 박차고 일어나는 것일 테다. 앞서 소개한 시의 내용을 보면 아내는 이른 아침인데도 몸단장을 끝내고 찌개를 끓이고 있다. 아무래도 고금과 상관없이 아침잠엔 남자들이 더 약한가 보다.

김용택 시인은 '세상에서 가장 아름다운 소리는 이불 속에서 듣는 아내의 아침 짓는 소리'라 했다. 잠에서 설핏 깨어났을 때 도마질 소리에 된장국 보글보글 끓이는 소리가 들려온다면 그보다 더 달콤한 기상 신호가 있을까. 내 인생에 그런 아침은 없을 테지만 상상만 하여도 참 훈훈한 장면이다.

나도 오늘은 오랜만에 늦은 시각까지 이불 속에서 비비대며 소일하고 있다. 끼니를 챙겨 먹기도 성가지고 씻는 것도 귀찮다. 이럴 땐 세상사 잠시 접어 두고 한숨 더 자는 것도 상책. 예고 없이 불쑥 방문하는 이 없다면, 한없이 게으름 피우고 싶은 겨울 아침이다.

'군불 지피고, 밥해 먹고, 눈 치우고 방 안에 들어 앉아

없는 듯이 살아갈 것.'

법정 스님이 메모한 겨울 일기의 한 대목이다. 나도 이번 겨울엔 이렇게 지낼 생각이다.

눈 내린 날의

산중락 山中樂

어제 저녁 무렵부터 가랑눈이 날리더니 밤새 함박눈이 내렸다. 올해의 첫눈이라 더 반갑다. 빗소리는 요란하여 소식을 알 수 있지만 소복소복 쌓이는 눈은 기척 없이 방문한다. 밤사이에 세상을 다른 그림으로 바꾸어 놓았으니 몰래 무언가를 준비하는 마술사 같다.

창을 열어 보니 온통 설국이 되었다. 나뭇가지마다 눈꽃이 피어 온 천지가 하얀 빛으로 단장했다. 설백의 풍경에 떠가는 구름도 그 방향을 잃어버렸는지 산등성이에서 멈추었고, 새들도 늦잠에 빠진 듯 고요한 아침이다.

오늘은 방문객이 없는 날이라 부랴부랴 눈길을 만들지 않아도 된다. 이미 큰길은 마을에서 장비를 동원하여 제설 작업을 해 놓은 터라 느긋하게 설경을 더 즐겨도 싱관없다. 마음 같아서는 마당에도 길을 내지 않고 저 상태로 오래 두고 싶다. 사람 발자국 하나 없는 설원은 그 자체로 완벽한 작품이기 때문이다.

눈 내린 아침에는 방 안에서 차 마시며 밖의 풍경을 감상하는 일이 최고의 호사다. 화로에 찻물이 끓어 모락모락 김이 오를 때 음악 선율이 잔잔히 받쳐 주면 그야말로 산중락山中樂이 따로 없다. 홀로 즐기는 이런 시간이 주어지지 않았다면 수행 일상이 조금은 지루하고 밋밋했을 것이다. 설경과 마주하는 이 감성을 어찌 전할 수 있으며 이 기쁨을 그 무엇으로 대신하겠는가. 산사의 설경은 그 어느 곳보다 가히 아름답다 할 것이다.

얇은 이불에 찬 기운 스미고 등불도 어두운데,
어린 사미승은 한밤 내내 종을 치지 않는다.
잠 깨워 일찍 문 열고 나가자면 아마도 투덜대겠지,
그렇지만 암자 앞의 눈 덮인 소나무는 함께 보고 싶다.

고려 후기 관료였던 이제현의 「산중설야山中雪夜」라는 시다.

가난한 암자에서 하룻밤 잠을 청한 나그네가 새벽녘에 잠이 깨어 눈 내린 산중 분위기를 나지막이 읊조리고 있다. 나그네는 아침 설경이 몹시 궁금해 나가 보고 싶은데 동자승은 예불 종 치는 것도 잊고 늦잠에 빠져 있어, 날이 밝기를 기다리며 깨울까 말까를 고민하는 장면이 절로 그려진다.

암자의 설경은 과객의 잠을 설치게 할 정도로 압권인지도 모르겠다. 뭐니 뭐니 해도 겨울 안거安居의 매력은 눈 내린 풍경을 보는 일이다. 자연이 그려 내는 한겨울의 풍경화를 완상할 수 있는 기회가 주어지는 셈이다. 텅 빈 겨울 숲에 눈이 쌓여야 비로소 한 폭의 수묵화가 완성된다. 만약 이런 맛이 없었다면 산중의 즐거움은 반감되었을 것이다.

수선화 정원에 덮어 두었던 보온 볏짚이 바람에 저만치 날아가 있지만 이따 날이 풀어지면 그때 손을 봐 줄 생각이다. 아침부터 찬바람에 눈밭 이리저리 어지럽히며 밖에 나가고 싶지 않아서다. 촌각을 다투는 급한 일이 아니라면 짐짓 게으름을 피워도 좋다. 동파를 대비하여 이미 해우소 물도 단단히 잠갔고 보일러 창고도 난방을 해 두었으니 올해는 안심해도 될 듯하다.

이 모두가 지난겨울의 교훈이다. 작년 겨울 한파는 참으로 지독하고 길었다. 여기 살면서 처음 겪는 사건들이었는데 난리도 그런 난리가 없었다. 낡고 녹슨 수도관이 터져 한겨울에 물바다가 되었고, 온수 통이 얼어붙어 씻을 수 없었으며, 실싱가상으로 지하수 배관마저 얼어 손님을 받지도 못했다. 겨울을 여러 번 보냈지만 이런 경우는 당해 보지 않았던 터라 미처 대비하지 못했다.

이 경험 덕분에 올해는 그 어느 때보다 혹한 대비를 철저히 했다. 아예 장작까지 여러 짐 준비해 두었으니 갑자기 추위가 닥쳐도 걱정 없다. 이제는 수도꼭지나 변기 부품들은 내가 교환하거나 수리할 수 있다. 작년에 기술자들이 고치는 것을 옆에서 눈여겨보아 둔 덕분이다. 물이 터져 줄줄 새는 것쯤은 이제 임시로 손볼 수 있게 되었으니 무엇이든 상황이 급해야 배우게 되는 모양이다. 어떤 사건 하나를 해결해야 할 때는 당황스럽고 머리 아프지만 그것을 통해 원인을 들여다보게 된다. 세상 공부는 공짜가 없다.

이렇게 눈 내린 날은 사립문 닫고 아무에게도 방해받지 않고 온전한 내 시간으로 만들고 싶다. 혼자 있다한들 무슨 근심이 있으랴. 낮에는 설경이 위로해 줄 것이고, 밤이면 달빛이 내려와 벗이 되어 줄 테니 더 이상 빈궁하지 않을 것 같다.

눈길 따라

벗이 찾아오다

어젯밤부터 날리던 눈송이는 오늘 아침까지 이어졌다. 간밤의 폭설은 온 세상을 설국으로 바꾸어 놓았다. 앞산은 히말라야 설산이 되었고, 들녘은 하얀 소금밭이 되었으며 나무는 백의를 입은 듯 순수하다. 과연 누구의 조화란 말인가. 하룻밤 사이에 천지간의 풍경은 온통 눈빛으로 장엄한 화장세계華藏世界가 되어 있다. 오랜만에 맞이하는 푸짐한 눈 구경이다.

아무런 발자국도 남기지 않은 새벽의 눈밭은 고요하다. 마치 태초의 신비를 마주하는 것 같다. 그런 신비를 보존하기 위해 먼저 눈길부터 만들고 일과를 시작한다. 통행할 수 있는 길만 터 놓고 다른 공간을 여백으로 남겨 두게 되면 고요와 정적이

237

깃들기 때문이다. 이런 나의 속도 모르고 눈 밟는 소리가 좋다며 이리저리 뛰어다니며 발자국을 내는 어른들이 있다. 그들을 바라보는 나의 얼굴은 웃고 있지만 실은 조금 야속하다. 눈밭에 어지러이 나 있는 족적은 태초의 침묵을 깨는 낙서나 다름없다.

나이 들어 깊은 암자에 살게 되면 그때는 좁다란 길만 남겨놓고 온통 눈밭에 파묻혀 살고 싶다. 인적 끊어진 외진 곳에서 군불 때고 눈 치운 뒤 차 마시며 한나절을 보내면 참 호젓할 것 같다. 아무도 찾는 이 없어 눈 치울 걱정도 없을 것이니 그야말로 무사한인無事閑人이지 않을까.

눈이 펑펑 쏟아지는 날은, 쓸고 돌아서면 그 자리에 또 눈이 쌓여 길을 냈는데도 이내 사라지고 만다. 이번엔 함박눈이 쏟아져서 설경 자체가 한 폭의 그림이 되었다. 오늘 예약한 방문 손님이 없었다면 눈이 길을 덮어도 신경 쓰지 않고 다실에 앉아 종일토록 눈 구경을 했을 것이다. 만약, 오늘 밤에 달이 공처럼 떠올라 설원을 비추어 준다면 그 분위기에 흠뻑 취해 문밖을 서성이며 옛 벗을 그리워할지도 모르겠다. 어디 일광욕만 있으랴, 월광욕도 있는 법이다. 덕지덕지 달고 있는 욕심들을 달빛 아래 내려놓아도 좋겠다.

일전에 계룡산에서 은거하는 노스님이 족자 하나를 선물로 두고 가셨다. 펼쳐보니 '설중방우도雪中訪友圖'였다. 초가집 지붕까지 눈이 쌓여 있고, 저 멀리 눈보라를 헤치고 벗이 찾아오는 모습이 담긴 그림이다. 예로부터 문인들의 화제로 널리 사랑받아 지금까지 여러 작품이 전해 온다.

고려의 문호 이규보가 「눈 내리는 날 벗을 찾아갔으나 만나지 못하다雪中訪友人不遇」라는 시를 적었는데, 이 내용을 음미하면 그림의 내용을 이해할 수 있다.

눈빛이 종이보다 더 맑아서

막대기 들어 이름 써 두고 가니

바람아, 부디 눈 쓸어 가지 말고

주인 올 때까지 기다려 주렴

온 사방이 눈으로 가득한 날 동무를 찾아갔으나 외출하였는지 아무런 기척이 없다. 발길을 돌려 나오려다가 하얀 눈밭에 자신의 이름을 적었다. 그리고 바람에게 부탁한다. 주인이 돌아와서 볼 수 있도록 내 이름을 지우지 말라고…. 긴 막대로 '나왔다 감'이라고 적어 놓는 모습을 상상해 보니 가슴이 따스해진다. 이런 벗을 사귀며 우정을 나눌 수 있다면 홀로 지낸다 하더라도 삶이 구차하지는 않을 것이다.

이곳에서 이웃 절 스님들과 왕래하며 지내는데 공교롭게도 법명에 모두 눈 설雪자가 들어있다. 이런 연유로 모임을 '삼실회 三雪會'로 이름 짓고 가끔 공양 자리도 만들어 차를 나누기도 한다. 나 또한 이 자리에 뜻을 같이하기 위해 자호自號를 '설묵 雪黙'으로 정하여 교류하며 지낸다. 가까운 곳에 마음을 열어 주는 벗이 있어서 위로가 된다.

오늘처럼 눈이 내리면 누가 먼저랄 것도 없이 안부를 묻는다. 내암리의 스님은 찻물 끓이며 나를 부르기도 하고, 추정리의 스님은 산창山窓으로 즐기는 설경이 아름답다며 자랑하기도 한다. 그러나 폭설이 내리면 암자로 가는 길이 미끄러워 서로 만나지는 못하고 통신으로 생존 소식을 확인하는 것이다.

안도현 시인은 '우리가 눈발이라면 허공에서 쭈빗쭈빗 흩날리는 진눈깨비는 되지 말자 세상이 바람불고 춥고 어둡다 해도 사람이 사는 마을 가장 낮은 곳으로 따뜻한 함박눈이 되어 내리자'고 말했다. 누구나 눈 내리는 날 그리운 사람이 한두 명은 있지 않겠는가. 그래도 아직은 사람이 사람에게 위로와 희망이 되는 세상이라 다행이다.

한때 흰 눈 쌓인

나뭇가지

허리 굽은 불자들이 오늘도 오셨다. 이곳에 절이 세워진 날부터 하루도 빠지지 않고 오시는 분들이다. 밖을 내다 보니 한분은 지팡이에 의지하여 마당에 서 있고, 다른 분은 숨이 차다며 잠시 앉아 계셨다. 때마침 겨울 햇살이 그 자리를 비추고 있었는데, 마치 신선도神仙圖에 등장하는 주인공 같았다. 몸은 불편할지라도 정갈하고 단정한 노인의 불심은 더 경건하고 거룩해 보였다.

세월 속에 육신은 노쇠했으나 믿음은 조금도 변하지 않았다. 오히려 더 간절해지고 절실해졌다고 했다. 그것은 아마도 당신들에게 주어진 시간의 유한함 때문일 것이다. 앞으로 십 년만 더 건강한 모습으로 절에 다니시라 했더니 그럴 수 없을 것 같다며 말끝을 흐리셨다. 하긴 팔순 넘은 노인의 건강을 장담할 수 없는 사정을 이해 못하는 바는 아니지만, 내일이라도 갑자기 작고하신다면 친어머니를 잃은 빈자리처럼 허전할 것 같다.

일전에 두 분을 위해 발원문을 작성해 드렸다. 이제부터 자식들 걱정은 내려놓고, 다음 생을 인도해 줄 당신들의 기도를 완성하여 서방정토에 왕생하길 발원하라는 뜻에서다. 굽이굽이 넘어 온 그분들의 인생길은 고난이 닥칠 때마다 부처님께 기대어 견뎌 온 세월이었을 것이다. 그러하기에 생이 다하는 날까지 청정 범행梵行을 닦다가 임종 후에 아미타불 영접하는 세계에 왕생할 수 있다면 그보다 큰 영광은 없을 것이다.

이분들을 통해 '신앙은 정성이다'라는 공식을 거듭 상기하게 된다. 내 어린 시절, 어머니를 따라 암자로 향하던 산마루에서의 기억은 지금도 선명하다. 어머니는 공양미를 머리에 이고 산길을 걷다가 힘겨울 땐 바위에 잠시 앉아 한숨을 돌리곤 하셨다. 어머니는 쉴 때에도 공양미를 땅에 내려놓지 않았다. 그리고는 큰 숨을 내쉴 때마다 '관세음보살'를 반복하셨다. 절에 도착하여 공양미를 올린 후에야 어머니의 머리는 가벼워질 수 있었다. 그 시절 어머니가 시주한 것은 쌀 한 되가 아니라 정성한 되라는 것을 알았다. 어머니의 불공은 집에서 시작하여 절 문을 들어서는 순간 마무리되었는지 모른다. 영험과 가피는 공양물에 있는 것이 아니라 지극한 정성에 배어 있기 때문이다.

기도는 정성스런 마음이 전부라 해도 과언이 아니다. 순수한 치성 앞에서는 천지신명도 감동한다 하지 않던가. 그러므로 신앙에서는 정성이 지극해야 하고 신심이 철저해야 한다. 그런 불심은 세월이 지나도 영원히 무너지지 않는 무위 공덕이 된다고 했다. 새벽에 일어나 머리 곱게 빗은 뒤 절 옷 꺼내 입고 암자로 출발하던 어머니의 그 불심 이면에는 든든한 정성이 받치고 있었던 것이다. 저렇게 날마다 다녀가시는 노불자들의 신심과 내 모친의 신심이 어찌 다르랴.

『비유경』에 노인의 지혜에 대한 이야기가 실려 있다. 젊은이들이 두 마리의 말을 두고 어미와 자식을 구분하지 못해 당황하고 있을 때 어느 노파가 "말 앞에 풀을 놓아 보라. 어미 말은 새끼 말에게 먼저 먹일 것이다." 하여 문제를 해결했다. 이와 같이 노인의 지혜는 배워 습득한 지식이 아니라 삶의 과정에서 익힌 경험의 지혜다.

두 분의 할머니도 내가 풀을 매고 있거나 낙엽을 쓸 때마다 그냥 지나치지 못하고 옆에서 조금이라도 거들어 주시는데, 그때마다 호미질과 비질을 얼마나 야무지게 하는지 놀랄 때가 참 많았다. 일이라는 게 힘을 적당히 조절하면서 요령껏 해야 능률이 오르는 법이다. 젊은이들이 힘으로만 덤비다가 금방 지쳐 그만두는 것을 보아 온 터라 노인들의 지혜가 이런 일에도 발휘되는구나 했었다. 풀이 제아무리 질겨도 조곤조곤한 노인의 힘을 당해 내지 못하는 것이다.

일본 에도 시대 시인 간노 다다토모가 남긴 하이쿠를 읽어 본다.

> 타버린 숯도
> 한때
> 흰 눈 쌓인 나뭇가지

지금은 숯이 되었지만 오래 전에는 울창한 나뭇가지였을 것이다. 그의 생애 전부가 숯이 아니었음을 말하고 싶은 것일 테다. 그런 푸르른 시절이 있었기에 숯의 탄생도 가능했을지 모른다. 나무는 숯이 재가 될 때까지 누군가를 위로해 주다가 생을 마감하는 존재이다.

노인들에게도 눈부신 청춘의 때가 있었고, 열정 있는 사회인으로 충실했던 시절이 있었다. 그러니까 처음 태어날 때부터 노인이 아니었다는 뜻이다. 모진 풍파를 지나오다 보니 어느새 나이 먹고 주름 진 얼굴이 되었을 것이다. 그 세월 동안 자식 키우고 손자 돌보며 폭풍우 가득한 삶의 등성이를 휘적휘적 넘어 왔다.

저 노불자님의 삶이 숲의 일생과 무엇이 다르랴. 마치 나무가 숲이 되어 따스함을 전하듯 노구에도 불구하고 오로지 가족의 안녕만을 기원한다. 오로지 사랑만 나누고 살아온 그들의 일생에 무한한 경의를 표한다. 우리의 어머니들은 모두 그런 세월을 걸어왔고, 앞으로도 그런 세월 속으로 걸어갈 것이다.

죽을 각오로

살았는가?

간만에 내린 찬 서리로 온 산천이 얼어붙었다. 마당에도 무서리가 허옇게 내렸다. 눈이 살짝 내렸나 싶을 정도로 가지마다 허연 서리로 치장을 했다. 여기는 시골 동네라서 해가 지면 도심보다 온도가 더 내려가기 때문에 연일 무서리가 내린다.

새해를 앞두고 한 장 남은 달력을 들추다 일 년을 되돌아보았다. 이상하게 올해는 세월을 도둑맞은 기분이다. 세상이 어수선해도 세월은 격리되지 않고 어김없이 흘렀다. 봄꽃이 피었다고 기뻐했던 때가 엊그제 같은데 어느새 눈 내리는 겨울이되었다. 마치 한 주를 시작하자마자 바로 주말이 코앞에 닥친 듯한 느낌이다. 나이 들어갈수록 할 일은 줄어드는데, 시간은 오히려 더 빠르게 지나가는 것처럼 느껴진다. 눈 뜨면 아침이고 돌아서면 저녁이다.

어느 유명한 선승은 매일 밤 자신의 장례식을 치르며 잤다고 한다. '오늘이라는 날은 끝났다, 지나간 일은 이미 돌이킬 수 없으니 이것으로 끝내자, 할 만큼 했으니 더는 집착 말고 생각하지도 말자'는 결의가 아니겠는가. 정말 이렇게 죽을 각오로 온 힘을 다 쏟으며 하루하루 살아왔는가 되묻게 된다. 의미 없이 허비했던 시간이 더 많다면 주어진 시간에 대한 결례일 것이다.

가까이 지내는 후배 스님 절에 갔더니 자신의 영정 사진을 영단靈壇에 모셔 놓고 있었다. 처음에는 기분이 서늘했는데 그 연유를 알고 나니 색다르게 다가왔다. 천 일 동안 기도하면서 매 시간마다 죽을 각오로 정진하기 위한 장치라고 했다. 그러니까 일종의 배수진을 친 셈이다. 더 이상 물러날 곳이 없다는 심정으로 자신을 엄격하게 다스린 것이다. 하긴 죽을 각오로 임한다면 불가능한 일이 무엇 있을까 싶다.

다른 건 몰라도 죽음만큼 확실한 건 없다. 누군들 장례를 피할 수 있으랴. 오늘은 살아 있지만 내일은 알 수 없는 게 인생이다. 지금의 증명사진이 언제 영정 사진이 될지 알 수 없다. 그러니까 내일을 기약할 수 없다는 자세로 살아간다면 그 하루는 천금 이상의 가치가 될 것이다. 후배 스님의 영정 사진을 보며 별안간 정신이 번쩍 들었다. 나는 내 생에의 시간들을 마지막인 것처럼, 그렇게 간절하게 살아왔는가….

> 많은 결혼식에 가서 춤을 추면,
> 많은 장례식에 가서 울게 된다.
> 많은 시작의 순간에 있었다면
> 그것들이 끝나는 순간에도 있게 될 것이다.

『인생 수업』에서 건져 올린 글이다. 삶과 죽음은 공존하는 것이며, 시작이 있으면 끝도 있다. 그것은 피할 수 없는 운명의 과정일 수밖에 없다. 그러니 영원히 살 것처럼 열정을 쏟되, 마음은 내일 죽을 것처럼 살아야 한다. 인간의 모든 문제나 두려움은 더 살려는 욕심 때문에 발생하는지도 모른다. 죽으려고 달려들면 무섭거나 문제 될 것이 없다. 그러므로 죽을 각오로 사는 일이 중요하다.

세상을 배운다는 것은 갑자기 더 행복해지거나 강해지는 것이 아니라 세상을 더 이해하는 것을 의미한다. 삶의 기술은 삶을 완벽하게 만드는 것이라기보다는 있는 그대로 삶을 받아들일 줄 아는 것이다. 결국 죽음의 문제도 이해하고 성찰하면서 받아들여야 할 대상이다. 그럴 때 비로소 지금의 삶이 훨씬 더 가치 있고 아름답게 느껴질 수 있다.

지난 한 해를 정리해 보니 죽을 각오로 살아온 세월은 아닌 것 같다. 전염병의 전파와 확산이 무서워 활동을 제한하고 웅크리며 지냈다. 그렇지만 이 모진 질병이 반드시 나쁜 것만은 아닐 것이다. 바이러스가 인류에게 질병을 가져다주었지만 그로 인해 의학의 발전에 기여했다는 역설도 있다. 어떤 사건을 통해 교훈을 얻고 잘못된 방식을 바꿀 수 있는 계기가 된다면 결과적으로 그 일은 고마운 것이 된다.

삶은 예측 불가능한 변수투성이. 인생이 이러하므로 미국의 저널리스트 캐롤 터킹턴은 '절대 후회하지 마라. 좋았다면 추억이고, 나빴다면 경험'이라는 격언을 만들어 냈다. 힘들었던 시간도 세월이 흐르면 또 추억이 될 것이다.

철없는 마음은

작년과 같네

깊은 암자에서 두 수행자가 기도를 하고 있었다. 이들은 스승에게서 돌을 가마솥에 넣고 백 일 동안 삶아 돌이 익으면 깨달음을 얻을 것이라는 유언을 듣고 불철주야 공부에 전념하는 중이었다.

그러나 아무리 삶아도 가마솥의 돌멩이는 익을 기미가 보이지 않았다. 그래도 스승의 유훈이라서 그만두질 못하고 불이 꺼지지 않도록 나무를 구해 와 날마다 불을 지폈다. 백 일이 다 되어 갈 무렵, 한 스님이 나무하러 간 사이 암자에 남아 있던 스님이 자신의 장작을 옆 가마솥 아궁이에 넣었다. 본인은 도를 이루지 못하더라도 상대방은 깨달음을 성취하길 바라는 마음에서 그랬던 것이다. 그러고 나서 자신은 나무하러 계곡 숲으로 들어갔다.

먼저 나무하러 갔던 스님이 돌아와 보니 자신의 아궁이에는 불이 한창인데 옆 아궁이에는 불이 꺼져 가고 있었다. 그래서 자신이 해 온 나무로 그 아궁이에 불을 때 주었다. 그런 다음 또 나무를 구하러 자리에서 일어났다. 이렇게 서로의 가마솥 불에 나무를 번갈아 넣기를 반복하다 보니 날이 밝아오고 있었다.

두 스님은 어떻게 되었을까? 다음 날 아침, 둘 다 도인道人이 되어 있더란다. 읽을수록 마음에 오래 남는 산중 미담이다. 스승님이 이런 숙제를 주고 가신 의도가 짐작되지 않는가. '서로를 이해하고 배려하는 마음을 익히는 것'이 궁극적인 깨달음이라는 가르침이다. 인색하고 미워하는 마음에는 깨달음이 머물 틈이 없다. 굳이 교리를 들먹이지 않더라도 기도와 수행의 최종 목표는 자비의 확장일 것이다. 이런 까닭에 위대한 스승일지라도 사랑과 자비가 넘치지 않는 자라면 그 공부는 '도로 아미타불'일 가능성이 높다 하겠다.

틱낫한 스님의 일생 화두가 '얼굴에는 미소, 마음에는 평화'였다. 스님의 법문을 소개한 책 곳곳에 이러한 가르침이 깃들어 있다. 이것을 제외하고는 불교라 말할 수 없다. 얼굴에 미소가 번지고 마음에 평화가 가득하다면, 이미 자비와 지혜가 충만한 사람이다. 그래서 수행을 하는 이들이라면 누구나 자비심을 길러야 한다. 앞서 소개한 두 스님의 수행 이야기를 통해종교의 본질과 종교인의 사명이 무엇인지 고민해 본다.

> 갑자기 생겨난 몇 가닥 흰 수염
>
> 육 척 키는 작년과 다름없는데
>
> 거울 속 얼굴은 해마다 달라지지만
>
> 아직 철없는 내 마음은 작년과 같네

조선 후기의 실학자 박지원이 쓴 '새해 아침 거울을 보며'라는 시이다. 설날 아침, 거울 앞에서 늘어난 흰 수염을 보며 문득 나이를 실감하는 내용이다. 해가 바뀌면 빠르게 흐르는 세월과 나이의 무게를 새삼 헤아리게 된다. 그러나 육신의 나이보다 더 중요한 것은 마음의 넓이일 것이다. 아주 어른이 되어서도 철없는 마음이 남아 있다면 새해부터는 고쳐야겠다는 다짐을 해 보자. 여기서의 철없는 마음은 배려와 자비심이 없는 공간을 뜻하는 것이다.

수행자의 서재

『가드닝 정원의 역사』 페넬로페 홉하우스, 앰브라 에드워즈 저, 박원순 역, 시공사, 2021

『겨울정원』 김장훈 저, 도서출판가지, 2017

『모네가 사랑한 정원』 데브라 맨코프 저, 김잔디 역, 중앙북스, 2016

『봄 여름 가을 겨울』 법정 저, 이레, 2001

『소박한 정원』 오경아 저, 궁리출판, 2019

『식물의 신비생활』 피터 톰킨스 저, 정신세계사, 1992

『아름다운 마무리』 법정 저, 문학의숲, 2008

『인생 수업』 엘리자베스 퀴블러 로스 저, 류시화 역, 이레, 2006

『작가들의 정원』 재키 베넷 저, 리처드 핸슨 사진, 김명신 역, 샘터, 2015

『작은 집을 권하다』 다카무라 토모야 저, 오근영 역, 책읽는수요일, 2013

『정원 일의 즐거움』 헤르만 헤세 저, 두행숙 역, 이레, 2001

『타샤의 정원』 타샤 튜더, 토바 마틴 저, 리처드 브라운 사진, 공경희 역, 윌북, 2017

『한국 정원 기행』 김종길 저, 미래의창, 2020

『행복의 지도』 에릭 와이너 저, 김승욱 역, 어크로스, 2021

『헤세를 읽는 아침』 헤르만 헤세 저, 시라토리 하루히코 편역, 박선형 역, 프롬북스, 2016

「감나무」 이재무 저, 『길 위의 식사』, 문학사상, 2012

「기쁜 일이 있고 나면」 박노해 저, 인스타그램 『박노해의 걷는 독서』, 2015

「달밤」 이시환 저, 『빈 그릇 속의 메아리』, 신세림, 2019

「밤나무」 정나래 저, 『산을 먹은 소』, 아동문예, 2020

「순서」 안도현 저, 『나무 잎사귀 뒤쪽 마을』, 실천문학사, 2015

「어떤 나무」 한상순 저, 『병원에선 간호사가 엄마래』, 푸른책들, 2020

「오 분간」 나희덕 저, 『그곳이 멀지 않다』, 문학동네, 2022

「우리가 눈발이라면」 안도현 저, 『그대에게 가고 싶다』, 푸른숲, 2002